# ESPELHOSGÊMEOS

**PÉRICLES PRADE**

# ESPELHOSGÊMEOS
## PEQUENO TRATADO DAS PERVERSÕES

CONTOS

**ILUMINURAS**

*Copyright © 2015*
Péricles Prade

*Copyright © desta edição*
Editora Iluminuras Ltda.

**Capa**
Eder Cardoso /Iluminuras
sobre daguerreótipo de autor desconhecido, sem título, 1855.

*Revisão*
Jane Pessoa

CIP-BRASIL. CATALOGAÇÃO-NA-FONTE
SINDICATO NACIONAL DOS EDITORES DE LIVROS, RJ

P914e

  Prade, Péricles, 1942-

  Espelhos gêmeos : pequeno tratado das perversões / Péricles Prade. - 1. ed. - São Paulo Iluminuras, 2015.

  128 p. ; 23 cm.

  ISBN 978-85-7321-463-5

  1. Conto brasileiro. I. Título.

14-18213            CDD: 869.93

                     CDU: 821.134.3(81)-3

2015
EDITORA ILUMINURAS LTDA.
Rua Inácio Pereira da Rocha, 389
05432-011 - São Paulo - SP - Brasil - Tel./Fax: 55 11 3031-6161
iluminuras@iluminuras.com.br
www.iluminuras.com.br

"Sabeis muito bem que a fome
satisfeita desperta bem cedo
novos desejos."

*Petrônio*

# SUMÁRIO

Diário de um sapato acima de qualquer suspeita, 11
Cobra-rei, 15
Escorpiões, 19
Doce compulsão, 23
Espelhos gêmeos, 25
Marcel enquanto joga, 29
Confissão de Rosália ou Déruchette, 31
Pão furtado, 35
Compreensíveis alusões, 37
Em família, 41
Breves histórias de Luigi Pomeranos, 43
    1. Donzela, 43
    2. Desconforto passageiro, 43
    3. Dissimulado, 44
    4. Sobre o perigo, 44
    5. Censura, 44
    6. Lilith seduzida, 44
    7. Pequeno desastre, 45
    8. Moicanas, 45
    9. Animação, 45
    10. Obituário, 46
O trapezista grego, 47
Flop, flop, flop, 49
Ave da aurora, 53
Termômetro, 55

Tratado das perversões, 59
    *Posfácio de Álvaro Cardoso Gomes*
Referências bibliográficas, 92

Obras do autor (ficção), 95

# DIÁRIO DE UM SAPATO ACIMA DE QUALQUER SUSPEITA

(*Espanha, 6.6.1235*)

Hoje nasceu Ramón Llull, alquimista catalão, que, além de seus extraordinários conhecimentos de medicina (consta ter estudado na Universidade de Montpellier, especializando-se em história de Roma), era exímio mordomo do Rei Jaime II de Aragon.

O pai de um íntimo amigo dele, e que no futuro também participou da seita maometana Irmãos da Pureza, possuía duas sagradas obsessões: a Cabala e os sapatos.

Por esse motivo, quando Ramón Llull nasceu, ofertou-lhe dois presentes: a santa Escritura e sete pares de sapatos, colocando, em todos eles, a fórmula da transmutação do chumbo em ouro. Dizem os pesquisadores que o presenteador era o legítimo progenitor do famoso Arnaldo Villanova.

O fato influenciou Ramón adolescente, tanto que, mais tarde, apaixonou-se pela Teologia, entre outras filosofias, compondo tratados de reconhecida autoridade.

Peço que me perdoem, os eventuais interessados (se este Diário um dia tiver algum valor e a honra da leitura), mas não posso deixar de anotar detalhe curioso, acerca de um episódio havido entre mim e Llull. Deu-se o evento quando Ramón, definitivamente iluminado, compunha a Corte do Rei Eduardo II da Inglaterra.

Ao completar setenta e cinco anos, percebeu, preocupado, que a potência declinava. Para forçar a ereção, colocava o pênis, já circuncidado, na página 666 do seu predileto livro de Filosofia Oculta, orando com palavras que somente ele conhecia. Diante do fracasso, teve a ideia de pôr, após várias tentativas, na mesma página, o esboço daquilo que, em 1830, seria a ilustração anônima intitulada "Na casa de banho". Também o novo esforço foi inútil. Lembrou-se, então, dos presentes recebidos no dia do nascimento.

Retirou-me (ou melhor, fui o escolhido entre os sapatos de origem africana, abandonados durante anos) da parte de baixo da bolsa amarela, que sempre trouxe consigo, e, com ansiedade fora do comum, enfiou o salto esquerdo dentro do livro, trocando-o com o desenho erótico.

Em poucos minutos sentiu entre as pernas um volume considerável. Repetiu a experiência muitas vezes. Em minha homenagem, garanto, pois a gratidão sempre foi a maior qualidade desse sábio agradecido.

(*França, 6.6.1744*)

Madame havia frequentado o Sabbath, até de madrugada, com Simon, o Mago, tendo retornado com o Conde de Saint--Germain, após um desentendimento tolo com Honório III.

Cansada, ela me descalçou, sem que eu percebesse suas verdadeiras intenções.

O Conde, conhecido em nossas rodas como filho de uma das esposas do Rei Carlos II da Espanha, foi quem sugeriu que me descalçasse. Disse ser amigo de dois Luíses, ambos XV, não tendo sentido que um sapato qualquer os lembrasse, em especial o último, na véspera da partida. Sob o pretexto de que tinha compromisso, marcado com Rameau, em cujo aposento e na intimidade tocaria o clavicórdio, abandonou o gabinete.

Estranhei muito que a Marquesa, após ter fechado a porta, assim que o acompanhante saiu, me olhasse com expressão de tão doce encantamento, excitada.

Abriu uma das gavetinhas do objeto pousado sobre a arca. Rápida, retirou o barbante reforçado com fios de cobre. Quando me dei conta, estava amarrado junto ao pé direito da cama.

Considerando-me, certamente, mais atraente do que o Conde, tirou com incrível facilidade a calcinha, sentando-se sobre mim. Os movimentos quase me sufocaram.

Não posso deixar de confessar que gostei, e gosto. Tenho o dever de servi-la, mas fico feliz ao saber que não possuo apenas uma utilidade.

Jamais o Conde se comportou como rival, embora tenha — após prever, em 1775, a revolução francesa para Maria Antonieta, quando voltou a Paris — procurado a Marquesa, à meia-noite, no último verão, fazendo-lhe propostas indecorosas.

A recusa definitiva ao amor tradicional, que se repetiu no encontro agendado com o Comandante Fraser, deu-me a exata percepção de que, pelo menos no curso deste século, continuo a ser o seu amante preferido.

(*Dinamarca, 6.6.1930*)

Notei, no fundo do banheiro, que Gerda Wegener se autocontempla. Com as pernas abertas, segurando o espelho com a mão esquerda, espreita a beleza da própria vagina.

Estou enciumado.

Talvez a moça não tenha, como diria meu ilustre Phoenix Latino, *labia minora* ou *labia majora pudendi*. Ou, ainda, *vestibulum vaginae*. E daí?

Sem condições físicas, permaneço imóvel, restando-me o desejo de subir na cama. Um dia, quem sabe, sobre o estrado, poderei satisfazê-la.

Quando esse dia chegar, tenho a mais absoluta convicção de que ela não resistirá à fricção dos encantos de meu couro italiano.

(*Alemanha, 6.6. de um ano que não me recordo*)

Marlene Dietrich, sentada sobre a barrica de vinho, certa está de que, após o sucesso do filme *Der blaue Engel*, suas pernas continuarão eternas.

Olhem bem o sapato direito encostado no joelho esquerdo. Representa o elemento primordial dessa eternidade. As pernas envelhecerão: ele, não.

Nenhum parentesco tenho com o sapato de Marlene Azul, mas toda a verdade deve ser registrada. Reforcei esta opinião, seguindo o ensinamento do escritor Nicolas de La Bretonne.

Quando...

Obs.: O Diário, como pode ser verificado pela simples leitura, é incompleto. Foi rasgado, tornando-se irrecuperável. Comprei-o em Frankfurt, no outono de 1942 (a 7 de maio, para ser mais preciso), num célebre leilão, realizado em sigilo para colecionadores convidados. Informaram-me que era a última peça de salvados de um incêndio. Os dias nele referidos são os mesmos, mas os anos diferem, bem como os lugares onde os fatos ocorreram. Meu único trabalho (e com que prazer!) foi o de reunir os quase incompreensíveis fragmentos transcritos.

# COBRA-REI

Ela sonhava, com frequência, que centenas de serpentes substituíam os fios de seus cabelos. Eram minúsculas, ativas e perigosas. Ao acordar, com nojo e horror, retirava-as da cabeça, uma por uma, antes de jogá-las numa lixeira enorme, encostada na parede esquerda, decorada com azulejos do século XVI.

O sonho era diário e idêntico. Ocorreu, pela primeira vez, aos sete anos de idade, fruto de episódio cujos detalhes não mais se recorda, apesar do grande esforço para lembrá-lo. Guardou na memória, apenas, que estava na escola primária, quando sentiu contínua e intolerável ardência entre as pernas.

Ao completar trinta anos, procurou-me, dizendo-se estressada, a ponto de se matar, tamanha a tensão em que vive.

Fiz-lhe de imediato uma pergunta, deixando-a assustada:

— Por que, após tanto tempo, resolveu consultar um médico, justamente no dia do seu aniversário? Por quê?

A repetição da pergunta perturbou-a bastante. Sem qualquer reserva, falou de modo atrapalhado:

— Não sei se lhe disse que acordo duas vezes: uma, no sonho, e, outra, quando desperto, consciente da situação passada. Hoje, tudo mudou. Percebi, após tomar o banho matinal, ao enxugar os pés, leve movimento sob a toalha, chamando-me a atenção o ritmo quase imperceptível. Com a própria toalha, tranquei entre os dedos algo que, com irritação crescente, não deixava de se mexer. Fui até a sala de jantar, nua e sem receios. Abri o pote de vidro de murano, aquele que me forçaram a comprar, após induzido passeio pelos canais venezianos, e nele coloquei a minúscula criatura. Era um cobra-rei. Cheguei a essa conclusão porque, na cabeça dele, havia uma coroa (o desenho muito bem feito) prateada, dessas que a gente vê nas ilustrações dos livros de história, afiada nas pontas como agulha de boa cerzideira.

O cenho esquerdo movia-se com insistência. Talvez imaginando que eu não acreditasse nela, balbuciou:

— Não acredita? Posso, agora mesmo, conduzi-lo até a minha casa.

— Tanto acredito, que faço questão de dizer que não há mais razão para procurar outro psiquiatra, na cidade, ou em outro lugar no planeta. A senhora está curada.

Não dei maiores explicações, dispensando-a do pagamento da consulta.

Tímida, considerando que o problema não era tão simples assim (— como, "curada?" —), saiu às pressas, demonstrando preocupação, tendo, perto da porta, me alertado para fechar o zíper da calça.

Fui informado de que, naquele mesmo dia, procurou outros profissionais. Telefonou para uns cinco ou seis, antes de se definir por Arcoverde Spina. Ele, talvez por ser mais simpático, cobrou-lhe caro para dizer que nada havia de anormal. Soube até que brincou, dizendo ser um privilégio para qualquer mulher ter um reizinho doméstico desses à mão.

Frustrada com essa consulta, voltou ao meu consultório.

Agora o sonho é outro. À noite, encantada, vê vaquinhas alemãs comendo cartões-postais, que, no alto de uma torre, balançam os rabos ao som da voz de Nina Hagen.

Esse sonho se repetiu sete vezes. Depois, a cada dia, novo sonho, evoluindo do preto e branco para o colorido. Ontem, por exemplo, sonhou que era Joana D'Arc. Sentiu até o cheiro da fumaça antes de, como a virgem de Lorena, morrer queimada.

Sendo solteira — e também porque as serpentes, nos sonhos recentes, não mais se alimentavam com o realçado em amarelo — acabou adotando o cobra-rei.

Disse-lhe que a adoção foi uma decisão sensata. Saiu feliz e sobre a mesa deixou generosa recompensa.

Na carta, escrita e enviada em agosto — o orgulho é notável já nas primeiras frases —, afirmou, com segurança, que havia realizado um casamento perfeito. O cobra-rei cresceu, atingiu perto de trinta centímetros. Não habita mais a redoma, vive à vontade sobre a cama. O alimento predileto ainda é o leite, bebido, antes de dormir, em seu seio direito.

Eu estava convencido, ao acabar de ler a carta de Isadora, que ela não havia dito tudo.

Por isso, não fiquei surpreso ao tomar conhecimento do envenenamento e da hemorragia interna.

O Comissário de Polícia não me pareceu um cavalheiro, ao rosnar, com aquele charuto malcheiroso na boca de dentes cariados, que o azar dela foi a impossibilidade de retirar a coroa presa na vagina.

O que houve?

O cobra-rei, asfixiado, sem condições de retornar, após a cópula, por instinto mordeu o útero até se afogar com o sangue abundante, compartilhando, indefeso, a dúplice morte solitária.

# ESCORPIÕES

Ladislau Orion vivia, sozinho, no sul da Ilha, e saía da chácara apenas quando o seu faro detectava a presença de alguma mulher na vizinhança.

Apesar de impotente (tenho certeza, devido à inconfidência da médica de minha irmã, Dra. Mali), gabava-se de possuir todas as donzelas da região, entre elas incluída, portanto, a bela Artemisa, filha menor de Mr. Dogan, o estrangeiro neurastênico que, por uma ninharia, comprou a pousada onde resido com o pastor alemão. Por este motivo, e outros mais, Ladislau é odiado pela comunidade.

Negro, enorme, musculoso, tinha no peito, com orgulho, a tatuagem de um escorpião branco.

Ele conservava o hábito de urinar sobre as colmeias, no apiário construído nos fundos da propriedade, antes de retirar o mel que vende, como preciosidade, aos caçadores gregos para cicatrizar feridas resistentes. É o que diziam e não confirmo. Tinha também outro hábito, e este faço questão de confirmar.

Adorava passar a mão na bunda das mulheres. Fez isso com Rosa Selkist, a matrona responsável pela Fundação da Liga da Fidelidade. Seu marido quase matou o gigante libidinoso a marteladas.

O pior aconteceu com Ísis Dutra, prima do Arcebispo metropolitano. Estava descansando, após o parto de gêmeos, quando sentiu fortes dores na vagina. A parteira Luísa, mal-humorada, foi atendê-la. Assim que apalpou a carne dolorida, deu um grito.

— Meu Deus, o grelo é um escorpião!

Surpresa: dentro do quarto, sem pedir licença, Ladislau, curvado, abriu um pouco mais as pernas da parturiente, benzeu a vagina sete vezes, e, olhando direto para a parteira, disse com deboche:

— Grelo? Isto se chama clitóris. Parece um escorpião, mas não é. Sei o que digo.

E continuou, engrossando a voz:

— Perdão, mas não posso deixá-la sem acariciar seu belíssimo traseiro.

Virou-a, apalpou as nádegas com carinho, deu um beijo estalado em cada hemisfério, e esgueirou-se pela porta, suspirando.

Essa história é contada pela parteira, com detalhes, às gargalhadas, quase todos os dias, no final da tarde, aos curiosos que, num crescendo, vêm ao seu encontro para saber outras novidades.

Por que razão está relatando tudo isso?

Explico:

No último Carnaval, minha noiva, Diana, distraída, estava encostada no cercado, abaixo dos camarotes, assistindo, em minha companhia, na passarela, à passagem alegre dos carros alegóricos. De repente, pulou como se fosse espetada por um estilete. Ela me disse, envergonhada, que alguém havia enfiado um dedo em seu ânus.

Reagi de imediato. Corri atrás do safado, mas não consegui pegá-lo. Não vi o rosto. Nem precisava. Mesmo de costas, sabia quem era.

A partir desse episódio desagradável, muito comentado nos bares e fora deles, ruminei vingança.

Descobri, anteontem, lembrando-me do clitóris, o melhor modo para castigá-lo. Comprei, depois de longa procura, na África setentrional, um escorpião vivo, cuja ponta da cauda é magnífico tumor, repositório de pura peçonha, alimento do ferrão armado para atacar o inimigo.

Coloquei-o, no retorno da viagem, dentro de um recipiente apropriado, guardando o demoninho, com prazer, como se fosse rara relíquia.

À noite, fui à chácara.

Percebi, pela janela do quarto, que o tarado estava dormindo. Nu, de bruços, como eu imaginava.

Entrei de mansinho, rastejando com habilidade de réptil. Dei-lhe, como havia programado, uma injeção no pescoço para anestesiá-lo. Mexeu o corpo, relaxado, abrindo devagar os braços e as pernas.

Retirei o escorpião da caixinha com a luva de borracha. Olhei para o rabo do infeliz, e, com nojo, separei a fórceps suas nádegas.

Num átimo, segurando o ferrão com extremo cuidado, pousei o bicho sobre a cavidade. Depois, arregaçando-a, nela o enfiei de um só golpe.

Notei, pelas contrações, que o animal cumpriu o seu destino. Eu, a missão de honrar meu amor.

# DOCE COMPULSÃO

Mente quem disser que sou um anão desprezível. A riqueza, sei muito bem, é qualidade duplamente brilhante, mas o meu cofre, durante longo tempo, repleto de ouro, somente justifica o alto nível da posição social, jamais o fascínio que tenho por Isolda, quando, sobre a cadeira de mogno, espio seu corpo nu pela fechadura da porta envernizada.

O que nos atrai é o conhecimento do prazer oculto, ou, como diria o Conde Havesso, a cúmplice reciprocidade de nossas presenças.

À noite, assim que terminei a releitura do *Cadernos de Malte Laurids Brigge*, voltei a arrastar a cadeira pelos corredores do andar do prédio onde residimos, para colocá-la rente à porta do apartamento n. 17.

Ela tem certeza de que estou trepado na cadeira, sem segurança (ah, quantas e quantas vezes caí, estrepitosamente), mas faz de conta que desconhece minha dificuldade. Anda de um lado ao outro, com a tatuagem de Astaroth no seio único, tirando, aos poucos, a calcinha azul-marinho, para, em pé, como sempre acontece, ouvir a conhecida valsa de Strauss pai, repetida até cansar.

Como Isolda soube de meu deslumbramento, de minha irreprimível paixão? Quando, ao perceber o rosto encostado na madeira, perfurou meu olho esquerdo, com a agulha de tricô, aquela presenteada por Baltimore Cats, que, no início do século, em sua companhia, esteve no Alabama para comprar amendoim torrado. Eu a perdoei. Crime maior seria anular a lembrança desse prazeroso sofrimento. Senti, não sei o motivo, que a cegueira parcial acabaria me excitando ainda mais.

Cumpro o ritual diário, já bem próximo dos limites da pobreza, pois, há duas décadas, ela tem exigido três moedas de ouro, na hora combinada, para vê-la nua. Sobraram, no cofre, apenas as mais antigas. Estou nervoso, muito nervoso.

Hoje, com receio, tropeçando sobre o tapete persa, empurrei as últimas moedas sob a porta fechada. Fui tomado por singular estremecimento. Não mais a verei, girando, como se fosse bailarina servente?

O olho direito quase entrou no buraco da fechadura. No momento em que o relógio bateu vinte horas, levantou a tabuleta escarlate, com a palavra "Adeus" escrita em francês, passando-a entre as pernas algumas vezes e com extrema delicadeza.

Pediu, então, que eu o retirasse e colocasse o nariz em seu lugar. Passava, várias vezes, a mão em sua pomba, esfregando-a para que eu pudesse sentir o formidável perfume. Durante todos esse anos, este foi o único gesto amável. Espécie de compensação pelo término do tácito contrato?

Com a voz firme e perceptível tremor nos lábios, disse:

— Agora, querido, sabe o que deve ser feito.

Obedeci, movido pelo desejo. Com a outra agulha, maior que a anterior, de prata nobre, Isolda fez doze precisos movimentos. Dor aguda, intraduzível. Gritei por dentro e por fora, a alma e o rosto lambuzados de sangue no auge do gozo prematuro.

# ESPELHOS GÊMEOS

A casa onde moramos, próxima da Vila Girardi, é bastante conhecida pela vizinhança. Oval, tem janelas aparentes, desenhadas com precisão. Quando chove, parece que está boiando. Outro aspecto interessante: à noite, a parte de baixo é branca.

Ninguém a conhece por dentro. Pertencendo à família que nela reside, conheço-a nas palmas dos pés. Já andei por quase todas as dependências, alvo das constantes recriminações de papai. Há tempo estou proibida de entrar no quarto onde faleceu Margherita, minha querida avó. As explicações, para nele não entrar, são muitas. Destaco as seguintes:

1. Ela possuía três seios (localizado o terceiro abaixo do umbigo). Quando morreu, dois deles caíram ao se desprender do corpo, soltando odor que lembra certa espécie de hortelã suíça. Esse cheiro característico tem o poder de mudar a cor das pessoas. Caso se tranque a respiração, na hora certa, é possível impedir a mudança. Como o horário é desconhecido por mim — tenho horror de outra cor que não seja a negra —, o medo inibe, pelo menos por ora, a ousadia de ingressar em seu refúgio.

2. Escreveu um livro com pena de bico de pavão, servindo-se de sangue de bode adolescente. Nele, doze histórias (todas verídicas) foram contadas, sendo uma delas a mais terrível: a da menina curiosa, que, tendo entrado no quarto, sem licença, viu o seu pequeno sexo, em carne viva, sangrar no vaso pleno de gerânios.

3. A avó tocava flauta, feita com ossos de passarinho cego. A melodia causava nos ouvintes manchas esverdeadas na pele. Diziam que os timbres, imperceptíveis para muitos, ainda circulam nos aposentos, confundindo-se com o som dos tapetes levantados na véspera da lavação.

4. Trancou-se, voluntariamente, afirmando que, por ser mulher culta, sofria do complexo de Minotauro. Observação importantíssima: guardava enorme pênis de touro branco, sob o travesseiro, durante toda a sua vida, após ter sido empalhado pelo mestre Viotti. Conforme as informações prestadas por Enéas, conserva-o entre as pernas quando o relógio bate meia--noite. O pênis foi retirado do lugar predileto, antes de ser colocado na urna funerária, por alguns minutos, para agradá-la. Encontra-se ainda no quarto, encostado na porta, por dentro. Se esta for aberta, corre-se o risco de mijada nos olhos.

5. Tinha um chicote enrolado na coxa, aquela de músculo doente, em forma de alicate, parecidíssimo com uma serpente (não são poucos os que asseguram o contrário: trata-se de serpente, parecidíssima com chicote). Qualquer movimento basta para que o chicote-serpente se adiante, precipitando o veneno. Garantem os entendidos que é perigoso, sempre pronto para o bote, principalmente quando repousa sobre a boneca de vime.

Relacionados os cinco motivos da proibição, acrescento, nesta fase de minha vida (estou com noventa anos), que o pavor continua o mesmo.

Percorro os assoalhos, arrastando-me pelos labirintos caseiros, sem ninguém para me acompanhar. A tarefa dos sobreviventes é tentar o desfazimento dos nós do tecido do tempo.

Após o almoço, quando estava varrendo, com dificuldade, as migalhas de comida, tive uma ideia: incendiar o quarto! Destruiria, de uma só vez, o terceiro seio, o pênis do touro e o chicote-serpente.

A ideia, tão rápida como veio, foi-se a ponto de esquecê-la.

De repente, lembrando-me de que papai havia morrido (e com ele a proibição), achei que, agora, nada podia quebrar minha vontade. Quanto ao medo? Já me acostumei com essa perversa convivência no curso dos anos.

Resolvi criar coragem. Não foi sem esforço que apanhei, com as duas mãos, o machado escondido atrás do fogão amarelo.

Golpes fortes. Sucessivos golpes, perto da fechadura. Estranhei o salto do machado, como se tivesse vida própria, tomando o rumo por ele desejado.

Finalmente, aqui me encontro, solitária como sempre.

Há, no fundo do quarto, uma tábua, na horizontal, assemelhada a um biombo, separando os espaços. Receando que, atrás dela, possam estar o terceiro seio, o pênis do touro ou a serpente-chicote, tomo redobrado cuidado. Recuo o suficiente para segurar, outra vez, o machado saltador. Sinto-me puxada por ele.

Atravesso a divisão de madeira. Vejo minhas duas irmãs, presas dentro dos espelhos. Dou novos golpes, secos e violentos, despedaçando os vidros.

Matilde, a de olhar mais inquieto, virou-se para mim:

— Vovó, o que está fazendo aqui?

Irene, também com a idade de quinze anos, nada perguntou. No rosto, somente a delicada e pequena sombra de espanto se insinua.

Respondi, sorrindo:

—Vovó? Que bobagem, Matilde, não vê que sou sua irmã?

As duas riram, riram tanto, que eu, não sei o porquê, ri também. Permanecemos abraçadas, refletidas nos pedaços de vidro que nos cercavam.

Com uma voz que tive a impressão não se parecer com a minha, fiz igual pergunta:

— E vocês, o que estão fazendo aqui?

Matilde e Irene emudeceram.

Lembrei-me, então, que no início de setembro, eu as vi na cama (faz tanto tempo, meu Deus!), nuas, interligadas em forma de concha, beijando-se ora nas bocas, ora nos sexos.

Não sabia que também meu pai havia flagrado as duas, prendendo as filhas gêmeas nos espelhos, uma colocada em frente da outra, para puni-las pelo resto de seus dias.

# MARCEL ENQUANTO JOGA

Desde criança tenho fascínio por alguns jogos, viciando-me aos onze anos com o do xadrez, esta extraordinária invenção de Sissa, apresentada ao Rei Shihram, no século XII, conforme ensinamento de Ibn Mhallikan.

Não sou um desses jogadores tradicionais, preocupados em vencer a partida a qualquer custo.

O vício, convertido em obsessão, tem outra origem. O que me comove é o movimento das peças nas casas, mesmo que a partida, imortal ou não, perdure dias e dias nesse reino de possibilidades infinitas.

Nada mudou; continuo obcecado. Vou a torneios, em vários países, além de frequentar espaços de isolados desafios, lamentando alguma eventual ausência.

Por estar ausente, hoje, gostaria, durante o jogo de xadrez, no Pasadena Art Museum, de ver Marcel Duchamp, conhecido artista plástico comedor de ovos mexidos, movimentar, alheio ao mundo, no tabuleiro improvisado, a Torre, o Cavalo, o Bispo, a Dama, o Rei ou o Peão, em busca do xeque-mate perfeito.

Ele, de perfil, com os óculos pousados sobre o nariz aquilino, é muito diferente de seus irmãos Gaston, Raymond, Suzanne, Yvonne e Madeleine, que, felizes, conviveram no interior da Normandia.

Gostaria de vê-lo, pessoalmente, como se fosse Muhammad al-Amin, sexto califa do Império Abássida, jogando com Kauthar, o eunuco preferido, mas não nesta foto de 1963 (enviada por Julian Wasser), forçado a tomar conhecimento da celibatária mulher nua, sem rosto visível, em sua frente, que parece uma estátua grega, posta sob medida na cadeira para perturbar a concentração do mestre.

Se alguém, no entanto, colocou-a lá, com o propósito de seduzir os espectadores, desde já afirmo: não me excito com os fartos seios à mostra, a barriguinha abaulada, os sombreados pentelhos aparecidos, a boceta escondida entre as coxas brancas, talvez tão pensativa quanto ela, que segura a cabeça de madeixas negras, dando a impressão de cair a qualquer momento.

Bobby Byrne, ao meu lado, de mãos dadas com o recente namorado, travou meus pensamentos ao dizer, convicto, que a beleza não se encontra na nudez da mulher, mas em Marcel, enquanto joga, vestido desse jeito para dar o tom certo da imagem à genial fotografia batida. Concordei, rasgando-a pela metade, antes de jogar no lixo a parte que não tocou meu coração latino.

# CONFISSÃO DE ROSÁLIA
# OU DÉRUCHETTE

Quando W. me comprou, perto da fronteira, após a fuga, em 1940, não imaginava que ele conhecesse quase todos os meus parentes próximos e remotos.

Aos desconfiados e curiosos, tomo a liberdade de dar algumas explicações a respeito desse conhecimento.

W. era, ao mesmo tempo, jogador, *flâneur* e colecionador (impede-me o pudor de indicar os objetos). Não percebi, de imediato, sua tripla personalidade, apesar de estranhar o fato de, em várias ocasiões, insistir em me batizar com o nome de Déruchette, se sabe muito bem que me chamo Rosália.

Dizer que gostei do nome seria leviandade, mas preferi aceitá-lo sem maiores discussões, até porque, como reconhece Amalie Winter, sempre fui, em meio às pessoas de nossa convivência, a única boneca com um coração.

Na primeira relação, elogiou o tamanho dos seios (posso garantir que são normais) e das nádegas (mais generosas, concordo), apalpando-me como se não acreditasse no que via.

Fiquei ruborizada. Afinal, na época anterior à compra, outros clientes também se interessaram por mim, mas de forma diferente, com os olhos dirigidos à distância e sem dizer palavra. Apenas um deles, recordo, com voz anasalada, disse entre suspiros:

— Que bela *poupée*!

Voltando aos parentes (perdão, por ter cortado o relato), soube que W. esteve, em Paris, na Rua Legendre, onde, num antigo restaurante do Palais-Royal, furtou um manequim, visto da rua, refletido no espelho maior, perto da porta rotativa.

Nunca me disse como foi possível furtá-lo tão rapidamente, se Tinchen (este é o nome de minha prima, impresso

31

na fita enrolada no pescoço) encontrava-se grudada sobre um cavalo de carrossel.

Uma companheira manca, transformada em amiga no instante da apresentação, afirmou-me que Tinchen foi presenteada por W., servindo, hoje, de brinquedo de Alice, criança insuportável nascida na Inglaterra.

No dia seguinte em que a presenteou, atacou duas marionetes, ambas filhas de tia Ester, na cidade de Berlim, mordendo-as nos pescoços. Somente as largou com a chegada da Polícia de Costumes, alertada por um saltimbanco anônimo. Mais tarde, ainda deprimido com esse fato, resolveu, na Turquia, morar cinco meses com um boneco italiano (meu sobrinho, abandonado pela mãe ao nascer), chamado Tutino ou Mutino, cujo pênis era enorme e tinha na cabeça uma colônia de piolhos. Encontraram o infeliz numa lixeira, mais tarde, de cabeça para baixo, semivestido, expondo o esfíncter esfolado.

Fato mais grave ocorreu em Atenas, no verão, ao ter encontrado a boneca automática Ariadne, minha irmã, desaparecida, que jogava xadrez até o amanhecer. Era conhecida especialista em moinhos d'água do século XVIII. O relacionamento durou pouco. Sem controlar seus reflexos condicionados, ao ser abraçada por trás, arremessou W. no meio do pátio de um templo ortodoxo. Resultado: sete costelas quebradas e três semanas no hospital.

Eu soube de todos os detalhes desses episódios por intermédio de minha avó paterna, que vive no Alabama, entrevada, sob os cuidados da neta sifilítica.

— E comigo, o que pensam que aconteceu?

Como sou inflável, levou-me de motel em motel dentro de uma mala de camurça. Ao chegar, retira-me da prisão passageira, estende-me sobre a cama, limpa os resíduos de sujeira na borracha, e enfia meu umbigo na tomada mais próxima. Crescido o corpo, até o ponto ideal, usa-me sem cerimônia, bufando como um animal.

Gostava do que fazíamos, mas um sério problema nos afetou. W. apaixonou-se por uma mulher de carne e osso, chamada Glauca.

Abandonou-me, jogando, num dos cantos de seu quarto, a tralha onde resido.

Não me conformei.

Abri a mala com esforço. Engatinhei até o interruptor, enchendo-me o suficiente para me locomover à vontade. Enciumada, saí à procura do traidor.

Encontrei-o no cais, enlaçado com a prostituta, rindo à toa, sem sentir, atrás, a minha presença.

Num átimo, pus os dedos na vagina. Esgarcei com força os lábios maiores e menores. Como se fosse um parto às avessas, eu a enfiei na cabeça deles, comprimindo-a até ouvir os últimos suspiros.

Fomos localizados pela manhã, as peles roxas dando a impressão de que éramos uma única pessoa.

# PÃO FURTADO

Vivia angustiado, falando pouco, até a fração de segundo em que, ao entrar na padaria, alcancei com os olhos, na penúltima prateleira, um pãozinho fresco e diferente dos demais. Tudo aconteceu no inverno de 1969.

O fato parece desprovido de qualquer interesse, mas não é bem assim. Para esclarecê-lo melhor, contarei o que aconteceu antes e depois dessa ocorrência que mudou meu comportamento.

Estava lendo excelente artigo sobre o primeiro discurso de Jean-Jacques Rousseau, quando, impelido por uma força irresistível, interrompi a leitura ao ver a padaria.

Caminhava pela calçada direita. Atravessei a rua, correndo, para nela entrar. O padeiro de plantão, várias vezes, perguntou o que eu desejava. Não respondi de imediato, pois desconhecia o verdadeiro motivo de minha presença no local.

— Quantos pães?

— Um.

— Um?

— Sim.

Enquanto o jovem me atendia com irritação, um impulso que não consigo traduzir me perturbou.

Quando o vendedor o entregou, embrulhado, com gentileza pedi que o desembrulhasse. Disse-lhe, mentindo, que preferia o pão deitado na cesta de palha, apontando-o com o dedo quebrado. Assim que ficou de costas para apanhá-lo, com agilidade de ladrão coroado furtei o outro, um pouco maior e objeto de meu desejo.

Abri com ansiedade a porta do apartamento. Fui direto à geladeira, e nela coloquei os dois pães. Preparei sanduíche com o pão comprado, deixando o furtado sobre a terceira grade transparente.

Tomei banho. Não é que a água quentinha provocou rápida ereção? Pensei em telefonar para Alzira. Recuei. Seria ridículo chamá-la naquela hora somente para me servir.

Vesti o pijama, aquele de bolinhas amarelas, após enxugar com desleixo todo o corpo.

Resolvi assistir ao último capítulo do seriado *"Dallas"*. Queria saber a maldade diária de J.R., meu personagem predileto.

Aparelho ligado, apertei o botão, canal 25, e, surpresa!, apareceu na tela um pão. Sentei, respirando fundo. O pão era de cor sépia. Tinha, na parte da frente, pequena mancha rosa, horizontal, em relevo, formando belo desenho. O desenho de uma bocetinha, com pentelhos ralos e crespos, perto dos lábios superiores, parecendo delicada carne crua.

Com velocidade de rã, disparei rumo ao pão. Não tive dúvida: furtara algo extraordinário, belo e atraente, verdadeira preciosidade.

Levei-o para a cama. Na alcova improvisada, espantei-me ao verificar que nunca me sentira tão potente.

Apaixonei-me. Paixão intensa. Cheguei ao extremo de escondê-lo dentro da cueca, aos domingos, para com ele vadiar nas praças da cidade.

O problema é que a casca apodrece. Para mantê-lo intacto, encontrei a solução: conservo o miolo querido no mesmo lugar, todos os dias, com louvável discrição. À noitinha, na padaria, compro pão novo e dispo a vestimenta crocante para, com doçura, colocá-la sobre o meu novo amor.

Encontro-me feliz, tranquilo e sem remorso. Não fui eu o sedutor.

# COMPREENSÍVEIS ALUSÕES

Até hoje ninguém sabe o verdadeiro motivo que possibilitou, às pressas, a reunião da família separada por constantes desentendimentos.

Todo parto exige certo recato e não corresponde, convenhamos, a um espetáculo circense. O fato de Natália ter exigido a presença dos avós, dos pais, dos tios, dos primos, do marido e dos irmãos, no ato do nascimento do primeiro filho, não justifica, por si só, esse insólito comportamento.

O médico achou natural a exigência. Guardou absoluto silêncio, limitando-se a dizer que, durante o procedimento, os familiares deveriam prender a respiração, de quatro em quatro minutos, para não perturbar o bebê.

Sob os pés da parturiente — que estava de cócoras, como uma índia — colocaram dois tapetes (os vizinhos insistiam que eram persas, mas não é verdade), comprados na loja do turco Homar.

As pernas, com carinho, foram abertas um pouco mais. O ilustre parteiro, após raspar os pelos pubianos com lâmina refrescante, recolheu-os num urinol azul de origem desconhecida. Existe algum prazer ao ser cronometrada, em segundos, a raspagem de alguns pentelhinhos inocentes? Havia exagero em tudo isso, tenho certeza.

Somente após ter sido ouvido, até o fim, o último disco de Luciano Pavarotti, escolhido a dedo pelo famoso ginecologista da cidade, iniciou-se o parto tão esperado.

O nascimento foi retardado, porque a futura mãe teve cãibras doloridíssimas na perna esquerda, aquela que ficou presa por alguns minutos, sob os trilhos, em 1969, quando acompanhou o pai numa desastrada viagem de trem.

Outro retardamento ocorreu, devido ao desmaio do irmão mais velho. Soube-se, depois, que ele não conseguiu reter a respiração no prazo fixado. Teria morrido, se o socorro não fosse imediato.

Às sete horas da manhã, o avô, um velho canguru, perdão, parecido com um desses estranhos animais australianos, ao ver a vagina da neta dilatar-se, disse, aos gritos, com euforia quase infantil, que o neto estava nascendo.

Todos os presentes — suponho que por reflexo de idêntica intensidade — olharam na mesma direção. A mãe ficou sem graça, revelando incompreensível rubor nesta fase de sua vida. O médico renovou o pedido de silêncio. Curvou-se com solenidade profissional, expandiu os lábios vulvares mediante pressões regulares, e enfiou, demonstrando segurança, os dedos da mão direita para puxar algo mole, espécie de rocambole de carne, que se insinuava num ir e vir constante.

— Tudo errado!

Os familiares ficaram preocupados.

— O que há de errado?

O médico, catedrático experimentado, demonstrando segurança, sentenciou:

— O menino veio ao mundo com deficiência, sem as duas pernas. Não é possível puxá-lo pelo pênis!

A decepção foi geral.

Perguntaram se era necessária imediata operação. A resposta foi positiva.

Os irmãos conduziram Natália nos braços até a mesinha de mármore, localizada na sala de jantar. Como se fosse vaso com flores, transportaram-na com exemplar cuidado. Um fio esverdeado coloriu boa parte dos corredores da casa.

A barriga foi cortada com perícia. Um ser de três quilos e quatrocentos gramas chorou muito, nervoso, traumatizado pelo barulho dos presentes, alheios a dois fatos: primeiro, o médico se equivocou, ao dizer que a criança havia nascido sem pernas; segundo, no lugar do nariz havia um pênis elegante, sem prepúcio, surpreendentemente grande para um recém--nascido, e, no lugar dele, um apêndice à moda italiana, muito bem-feito, afilado e rosado, com as narinas ainda obstruídas.

O médico foi perdoado. Ninguém podia exigir que ele, vendo um pênis, onde deveria estar o nariz, pudesse imaginar que a criança estivesse, de forma correta, nascendo pela cabeça.

A família, durante muito tempo, manteve o segredo a oito chaves.

O sigilo absoluto não pôde ser mantido pelo resto da existência do menino. Sua mãe sabia disso e não via a hora de aliviar as tensões que a deprimiam.

Até os catorze anos, a situação foi contornada: o pai colocou um esparadrapo no rosto do filho, furando-o no centro. Para os curiosos, era dito que ele sofria de uma espécie rara de lepra indiana. Preocupado com o nariz, no meio das pernas, fez um corte triangular, na parte interna e superior das calças compridas, usadas desde criança, a fim de não prejudicar a respiração.

Tudo em vão. Antes de completar quinze anos, Spirow se apaixonou pela empregada dos vizinhos. Movido por arrasadora atração, rompeu com as unhas a atadura que o atormentava.

A partir desse acontecimento (1975, setembro, dia 1º), toda a comunidade, deslumbrada, vê o adolescente de pênis ereto passar de mãos dadas com a namorada, no Jardim da praça principal, levantando a perna, vez ou outra, para cheirar as flores sem qualquer inibição.

Afora as compreensíveis alusões à inesperada troca, ninguém, no bairro e na região, se preocupa com o passeio do vaidoso casal.

# EM FAMÍLIA

Quando Prudente se exibiu pela primeira vez, em 07/07/2007, na festa de noivado, balançando seu membro avantajado, após, à vontade, abrir a braguilha, eu estava certo de que o jovem boxeador havia se excedido por ter misturado cerveja com vinho.

Entretanto, em 7/7/2008, mudei de opinião, pois, à tarde, ao sair do cinema, devido aos sucessivos gritos de "tarado, tarado sem-vergonha", que a multidão repetia sem parar, em frente do Café Gomes, percebi ser ele o responsável pelo tumulto.

Disseram-me que, além de balançá-lo como se fosse pêndulo genital, o moço insistia para as pessoas comprarem a foto colorida de seu encantador documento. A Polícia não chegou a tempo de prendê-lo, permanecendo no local somente os ecos da gritaria das mulheres.

Passadas duas semanas, quem armou confusão foi sua irmã, Clotilde, pianista de música clássica. Sem constrangimento, conto o que realmente sucedeu.

Eu e minha mulher estávamos na fila do supermercado, pagando a picanha nobre para o jantar com o convidado ilustre, no momento em que ela, efusiva, subiu no balcão do caixa vizinho.

Tocou uma sineta antiga, tirou com habilidade a calcinha de pelúcia e bateu com força, na vagina exposta, vangloriando-se de ter o maior e o mais belo clitóris do país. Não vejo necessidade de confirmar que a radiopatrulha foi chamada. Por ter chegado com atraso, como sempre, a exibida, que se diz virgem por vocação, escafedeu-se rumo ao desconhecido, a exemplo do irmão.

Os problemas não terminaram.

Anteontem, o pai e a mãe deles souberam da ocorrência pelos jornais. Esclareço desde já: são ainda mais exibicionistas que os filhos.

Hermínio, o pai, que pela manhã sonha com tubarões castradores, foi flagrado na igreja de São Benedito, domingo, durante a missa, no meio de várias beatas, beliscando a glande de seu respeitável instrumento para vê-lo crescer como fermento nada espiritual. E Cármen, a mãe, bem perto do marido, com a saia azul-marinho levantada, arrancava um a um os pentelhos negros-belga, arremessando-os com pontaria certeira na cabeça calva de vários anciãos devotos.

Acho que esse comportamento coletivo foge dos padrões normais. O psiquiatra Anatólio me assegurou, na penúltima sessão, fora do consultório, que não é fato incomum a existência de família de exibicionistas, principalmente se o avô, ou a avó, ou ambos, já nadaram, como eu, nessas águas de Narciso.

# BREVES HISTÓRIAS DE LUIGI POMERANOS

### 1. DONZELA

Conhecia as abelhas, uma por uma. Para ser mais preciso: tanto as conhecia, que os seus nomes de batismo foram dados por ele. Alguns, antigos e contemporâneos; outros, simples e complexos.

A mais devotada, impertinente e sensual, chama-se Donzela. Sedutora, gosta de atrair a atenção por qualquer motivo. Um dia, ainda de madrugada, resolveu sair da colmeia central para aspirar flores silvestres. Saiu exalando o odor característico de quem está em busca de amorosas aventuras.

Karl, dono do apiário, tomou a iniciativa de segui-la até a fonte, levando consigo a lupa que havia adquirido, no ano passado, por insistência de seu cunhado polonês.

Deixou que Donzela se banhasse, após ter frequentado belos girassóis, para, então, sem cerimônia, colocar a lupa gigante no sexo cúmplice da abelhinha, e admirá-lo, em êxtase, sob as folhagens levianas roçadas pelo vento sul.

### 2. DESCONFORTO PASSAGEIRO

Mesmo sabendo que havia sido enterrado vivo, não ficou desesperado ao olhar a tampa do caixão. Pelo contrário: foi tomado por uma tranquilidade jamais sentida. Quis rezar (mal e mal sabia de cor a primeira parte da Ave-Maria cheia de graça), mas desistiu.

Imóvel, apenas a coceira intermitente na ponta do nariz deixou-lhe aborrecido. Encostou-o de leve, na madeira, imprimindo-lhe maior força e rapidez. Um orgasmo ascendente o eclipsou na véspera da morte.

Agradeceu, humildemente, aos que lhe proporcionaram a intensa vibração no auge desse desconforto passageiro.

### 3. Dissimulado

O potro escondeu-se sob o feno, e chorou a morte de seu mais íntimo amigo. Dissimulado, não disse ao dono que, entre eles, havia nascido uma paixão, deflagrada no último dia do outono.

Abandonou o esconderijo para correr pelos campos vizinhos, célere como a flecha do caçador de corças.

Quando voltará? Não se sabe. Talvez, se houver ressurreição. Até lá é pura lembrança, animal em movimento.

### 4. Sobre o perigo

Todas as relações são perigosas. Todas. Recordo a do arquiduque de Merdren, leproso célebre pelo brilho prateado de seus olhos.

Ele me disse, ruborizado, constrangido, em nosso encontro semanal, que havia se relacionado com uma lebre, em fevereiro ou março, quando as águas baixaram de nível.

Isso teria ocorrido após as inundações em 1918, no mesmo bairro onde o barão Francisco des Ygreés possuiu Macaria nas imediações de conhecido prostíbulo.

O perigo continua a rondar aqueles que fazem do prazer uma gruta terminal de explosões frequentes.

### 5. Censura

No exato momento em que a formiga foi flagrada com a sua companheira, praticando atos libidinosos, o diretor do circo não pestanejou: expulsou as duas.

Ninguém, até hoje, entendeu a intolerância de Monsieur Vagin, um francês radicado na Iugoslávia, e que não era dado a esse tipo de censura.

### 6. Lilith seduzida

A fêmea do demônio, após estrangular os filhos do capataz no pátio sagrado, tentou me seduzir, segurando o membro ativo com dois garfos de cobre, no meio de uma legião de cobras fenícias, convocadas para a cerimônia anual do amor perpétuo.

Mudei de posição algumas vezes. Lilith se descontrolou. Fixei-a com firmeza, transformando o pênis em serpente dourada, que, de um só bote, devorou as outras com aplaudida habilidade. Agora, atraída pelos meus encantos, reproduz seres oleosos com cara de águia.

## 7. Pequeno desastre

Ontem, sem razão plausível, ele me disse, no banheiro, com olhar indiscreto, que o seu pensamento tem, várias vezes, subido de garupa na faixa amarela da urina do vizinho, no banheiro, estatelando-se no chão antes de confessar o inconfessável.

## 8. Moicanas

As galinhas-d'angola são as preferidas do pintor Isidoro Lucan. Ele as pinta, mas suas pinturas seriam ruins sem a forte impressão causada, no início de todas as manhãs, pelas delicadas bolinhas que ilustram suas penas quando os pincéis se agitam, impulsionados pela incandescente volúpia do criador.

Sua extensa obra, por ser erótica, depois de pronta, é encapada com camisinhas de Vênus, importadas, dizem as boas línguas, diretamente do planeta que lhes dá o nome.

Com a precoce morte das angolistas, somente o desejo de pintar permaneceu.

O pintor, em vão, percorre o mundo à procura de descendentes ou ascendentes dessas aves, desconhecendo o fato de elas serem as últimas, e que, por isso, foram apelidadas "moicanas", por Jorge Canabarra, o mais renomado dos estudiosos dessa espécie em extinção.

## 9. Animação

Sentiu um tremor esquisito em todo o corpo, ao saber que *Dante* é corruptela de *Durante*, seu verdadeiro nome.

Esse tremor ficou muito mais intenso quando descobriu, por intermédio de Giovanni Boccaccio, antes de Alighieri (com barba negra e espessa) ser mordido pelo mosquito setentrional, que não é *Divina Comédia* o título original do magnífico livro da Renascença Medieval, mas apenas *Comédia*.

Animado por esse recente conhecimento, passou, simultaneamente, pelos universos paralelos do Purgatório, Inferno e Paraíso, transportando, na cabeça calva, envolto com pano transparente, o pequeno cão andaluz de olhos tricolores, que, entre outros talentos, de trás para a frente cantava ópera ainda não composta por Giuseppe Verdi.

Ao retornar com vida desses notáveis estágios circulares, jogou o animal-anão no liquidificador, mantendo no refeitório sucessivas núpcias com a mulher mais parecida com Gioconda que encontrou, cuja especialidade, dizem por aí, é fazer sexo oral ao som de suposta flauta silvestre.

## 10. Obituário

Quando nos encontramos na entrada principal da Biblioteca Pública, ele disse, ao pôr a mão sobre o meu ombro esquerdo, que tinha uma obsessão: escrever, à noite, o próprio obituário, com a indicação do jornal onde deve ser publicado.

A contragosto, revelando surpresa, perguntei sobre a redação do último texto. Desconversou. Como se não ouvisse, fez estas confissões, olhando para baixo:

— Eu gostaria de ter participado da experiência do plano inclinado e da esfera-gigante plena d'água, queimado diamantes, inventado o método das flexões, dado asas às moléculas terrestres, investigado o arco-íris, batido em bola de tênis com raquete oblíqua, medido a velocidade da luz no vácuo, batizado alguns dos cachorros de Pavlov, registrado o movimento das plantas, localizado o quinto estado da matéria (escura ou não), ajustado a equação de forma a que melhor se aplique a objetos minúsculos de óleo, desenhado o diagrama de eclipses, criado roldanas para manivelas de gerador, preparado sanduíche de lentes, ou escrito um tratado a respeito dos corpos flutuantes.

Nada entendi, não sou chegado a problemas científicos.

Percebendo minha perplexidade, voltou-se à pergunta para demonstrar que não estava desatento. Em vez de respondê-la, estendeu pequeno papel amassado:

— Leia. Sem comentários.

*Faleceu ontem, aos 69 anos, na capital do Estado, o cientista frustrado e conhecido coprófago Antonio Bellegante, com a boca ainda cheia de fezes, mas sorrindo de prazer, como se estivesse numa câmara de nuvens.*

Fui embora, às pressas, não sem antes olhar com nojo para os seus lábios de cor marrom.

# O TRAPEZISTA GREGO

Embaixo, na plataforma do circo, criaturas impacientes se empurram.

— Hoje, minhas senhoras e meus senhores, vai se apresentar Onan, o trapezista, filho primogênito do sábio Eudoro.

Todos o aplaudem de pé. Ele, o artista supremo, faz duas, três, quatro piruetas, aguardando o silêncio absoluto do público. Com natural imponência, dá um passo militar. Reverente, coloca a mão direita no coração. Trata-se de ritual seguido pela família há vários séculos.

O arauto é um gigante magro, chamado Alfredo Pirilampo. Com voz potente, lê, durante duas horas e dezoito minutos ininterruptos, quase sem fôlego, o currículo de Onan.

Não são poucas as crianças que dormem, enquanto os seus extraordinários feitos são enumerados. Pode-se destacar, com certa emoção, que, num país independente da África, ele permaneceu imóvel, durante dias, pendurado numa árvore, tempo suficiente para permitir transfusões de sangue que salvaram diversos animais de estimação.

Muitos se levantaram, indignados com a demora.

Onan, irritadíssimo, soltou inúmeros impropérios. O povo, inibido, conteve-se. Deu, com simples olhar oblíquo, autorização para Pirilampo continuar. Mais tarde, ele mesmo, cansado da enfadonha enumeração de suas maravilhas, fez conhecido gesto para o leitor parar.

Finda a leitura, e ainda sob o efeito dos aplausos, um oh, oh contínuo suspendeu a respiração dos presentes. O trapezista tirou a roupa. Em fração de segundos, como um símio, escalou o ponto mais alto da abóbada de pano tricolor.

O que mais interessa registrar, aqui e agora, é que, passado o susto, o público aceitou com naturalidade a sua nudez. Ninguém saiu do lugar. A curiosidade a todos assaltou.

Palmas. Palmas contínuas. Estridentes.

— Atenção! Atenção! Onan vai começar o espetáculo!

A primeira atitude dele foi mirar, lá de cima, o formigueiro humano que, boquiaberto, acompanhava os seus movimentos. Sentiu-se deus, muito além do bem e do mal, pássaro esperto e soberbo.

Muito mais do que o lince, como se utilizasse formidável binóculo, enxergou bela menina solitária a sorrir, extasiada. Devido à posição em que se encontrava pôde ver, inteirinhos, os seios dela crepitando. Leve tremor o sacudiu.

Foi, de súbito, tomado por irreprimível desejo. Observou que ela, como se tudo compreendesse por telepatia, também ficou atraída. Remexia-se na cadeira, roçando as coxas sob o vestido estampado.

Onan, fingindo alheamento, fez grande esforço para desviar a atenção. Concentrou-se no trabalho, mas ficou excitado com o cheiro doce e selvagem que ela exalava, mesmo à distância, quando, do alto, percebeu os seus movimentos.

— Ah, menina, aonde pensa que vai!

Transtornado, a ponto de perder o equilíbrio, viu a face esquerda do seu rosto e o final das tranças negras, perto da porta da saída do circo, ao lado da bilheteria pintada com as cores do arco-íris.

Não resistiu.

Atado ao trapézio central, com a mão direita iniciou delicioso vai e vem, propiciando a todos a fartura de um líquido branco, quase transparente, no momento em que a multidão uivava de prazer como se integrasse grande orquestra de gêmeos pervertidos.

# FLOP, FLOP, FLOP

Quando recebi o convite, no dia de minha formatura, não imaginei que a finalidade do encontro fosse a entrega de um presente especial: ela mesma, nua, fêmea gemendo na cama como cadela no cio.

Era uma mulher desinibida, seios alemães, lindos de morrer, imensos e carnudos, carnudos e frescos, exalando forte perfume como o das primeiras prostitutas que conheci.

Pediu para que morássemos no apartamento dela, pequeno, confortável, com assoalho de tábuas, localizado ao lado da praça principal do bairro.

Aceitei a proposta, sabendo de antemão que, com o tempo, as noites não seriam mais suficientes para aplacar os nossos desejos. Necessitávamos também das manhãs, todas as manhãs, intensamente. Comecei a definhar a olhos vistos. Fiquei magrinho, quase um esboço.

Meu chefe, preocupado, comunicou que a demissão seria inevitável se não mudasse o meu comportamento. Mesmo contrariado, cortei o relacionamento. Como sofri, meu Deus, como sofri.

Sete anos se passaram.

Às cinco e trinta da tarde, ao me dirigir ao shopping para assistir ao terceiro filme de James Bond, eu a vi na loja do Andy, comprando sombrinha de estilo japonês. Na saída, puxei-a pelo braço tatuado. Não disse uma palavra, mas pendurou-se no meu pescoço, sem cerimônia, beijando-me na boca com alegria, além de me apalpar como se ainda estivéssemos frequentando a mesma cama.

Disse-me, depois desse escândalo, com ar melancólico, que morava com um jovem, técnico em informática, recém-formado. Fez, então, com os olhos míopes voltados para baixo, o inesperado pedido. Buttoni não tinha preconceito e, se ela quisesse, bastaria manifestar seu desejo para os três morarem juntos. Não resisti ao apelo. Senti que, se não o aceitasse, jamais teria coragem, no futuro, de romper a intimidade de ambos.

No primeiro dia, estranhei. No segundo, passei a me acostumar com a ideia. No terceiro, e seguintes, tudo correu normalmente.

Éramos uma família.

Tolerante, o namorado não causou problema. Dividia Hildegard, sem maiores ou menores exigências. O fato de nos trancar no quarto dias seguidos não o perturbava. Chegava ao descaramento de colocar comida na entrada da porta. Enciumado, eu ficava furioso quando saíam sem me convidar.

Tive vontade de matá-lo. Cheguei ao ponto de fantasiar formas de assassinato, conforme descrevi na agenda profissional:

(a) Empurrá-lo com violência no buraco da privada, acompanhado pelo rolo de papel higiênico, e puxar a descarga até o seu total desaparecimento;

(b) Castrá-lo com a finíssima lâmina platinum-plus, antes de jogá-lo do 12º andar, coroado com chifres de marfim;

(c) Fazê-lo comer, um por um, à força, todos os livros encadernados do setor de mitologia greco-latina, mastigando-os até morrer.

Acabei desistindo. Matá-lo, seria solução desastrada. O que me agrada é o fluxo da imaginação pura, o crime pensado, organizado e executado na mente.

Na manhã seguinte fui surpreendido por Hildegard:

— Acho belas e excitantes essas formas bizarras de morte.

"Teria ouvido eu falar em voz alta, durante o sono?"

Buttoni, como por encanto, sumiu. Tudo melhorou, mas, sete meses após a sua partida, ela negou-se a manter relações sexuais.

Procurei descobrir a origem do infortúnio. Anotava todos os indícios. Qualquer comportamento diferente, transformava-se em possível revelação.

Certo dia, algumas palavras chamaram a minha atenção. Durante o sono, Hildegard balbuciava:

— *Flop, flop, flop.*

Na madrugada seguinte, repetiu-as com intensidade ainda maior:

— *Flop, flop, flop, flop, flop, flop...*

Sem saber o que ocorria, consultei médicos, visitei terreiros de umbanda (bênção, mãe Malvina!), e até falei com Gino, o fruticultor-curandeiro, na busca de solução. Sem sucesso.

Anos mais tarde, já conformado, dei um pulo na cadeira quando assistia a um filme de Roy Rogers. O trote do cavalo do famoso caubói deu-me a impressão de que o som revelaria o drama de Hildegard.

Aguardei com ansiedade que ela dormisse. Fiquei à espreita, disposto a registrar tudo nos mínimos detalhes.

Nada de incomum sucedeu. No entanto, quando ela se virou na cama, ouvi *flop, flop, flop, flop, flop, flop* num crescendo.

Descobri, então, que ela se constrangia com o som, aquele barulhinho desagradável projetado pelas entranhas, principalmente após o coito.

Por amor, puro amor, derramei em seus ouvidos um líquido esverdeado cuja fórmula medieval, repassada pelo farmacêutico Ilvânio Knoll, tornou-a surda e muito feliz em todos os sentidos.

# AVE DA AURORA

O galo, como sempre ocorria, cantou uma única vez. Pedro estava acostumado a ouvi-lo, todas as madrugadas, no horário previsto, servindo de relógio o seu canto insubstituível.

Durante o período em que morou no subúrbio, jamais se irritou com o canto diário. Pelo contrário. Chegou até a comprar, na loja do amigo Klaus, ração especial cuja mistura afina-lhe a voz.

No Natal retrasado adquiriu um brinco de prata (incrustando-o no bico dele), bem como delicada fitinha vermelho-claro, que, com carinho e perfeição, foi ajeitada em seu nobre pescoço.

Noutra ocasião, no outono, sabendo que o bicho possuía verdadeira paixão pela música barroca, foi à melhor discoteca da cidade para comprar a coleção completa das obras de Vivaldi.

Colocava, em seu aparelho, todos os discos do compositor, nos sábados e domingos, com visível encantamento. O galo o acompanhava, correndo de um lado para outro, maravilhado, no cercado que o solteirão construíra.

Os amigos não compreendiam o real motivo desse interesse. Gaspar, considerado o mais íntimo, jogador inveterado de biriba, magnífico pescador de siris, conhece notáveis histórias envolvendo Pedro e o galo.

Para mim, que sei guardar segredos (admiram-me por isso), Gaspar contou três delas, para justificar a devoção.

A primeira: gastava todo o dinheiro para fotografar o galo em posições inimagináveis, algumas comprometedoras, além de colecionar desenhos e pinturas de Meyer Filho, artista catarinense obcecado por essa ave da aurora.

A segunda: gravou o seu canto. Conduziu o gravador sob o braço até o local do trabalho, acanhada oficina mecânica de conserto de carros usados. Apenas ele podia usufruí-lo, pois importou, da Itália, instrumento adequado para colocar nos ouvidos, a fim de extasiar-se com a sinfonia matinal.

A terceira: as fotos de seus filhos, na carteira de couro de crocodilo, foram substituídas pelas do galo, originando crise de ciúmes na família.

Mesmo sendo fraca a memória, nela guardei esses eventos. Fui informado por outra pessoa que numa certa manhã, surpreendendo-o, o galo cantou duas vezes.

O impacto foi terrível. Pedro ouviu, nos timbres do segundo canto, bem distinto do primeiro, desafio de guerra. Armou-se. Eram cinco horas e dezessete minutos. Ficou postado ao seu lado, atento, para impedir que ele cantasse pela terceira vez, com voz metálica, fora do ritmo habitual.

A ideia surgiu com naturalidade. Para não repetir os irritantes sons estridentes, devia matá-lo. Recusando arma branca, largou a faca no chão.

Retirou a fitinha vermelho-clara do pescoço do galo, aquela que com tanto amor nele fora colocada. Amarrou-lhe o bico com raiva, virando-lhe o rabo em sua direção. Blasfemando contra todos os traidores, inclusive os que se regeneraram, despiu-se para o fatal êxtase comum.

# TERMÔMETRO

Desde os primeiros elogios dos contemporâneos, Farfalu os repeliu. Não se considera crítico de artes plásticas. Seus conhecimentos são rudimentares. Diz, exagerando, que mal e mal sabe distinguir o figurativismo do abstracionismo. Sensitivo, age impulsionado pela intuição.

Entretanto, não pode recusar a existência de uma verdade: é vidrado em *vernissages*. Acompanha os principais jornais da cidade, aos sábados e domingos, para anotar os locais das exposições. Conhece as piores e as melhores galerias.

No último mês, encantou-se com as ilustrações de M.L. Breton para o *Dictionnaire Infernal*, de Collin de Plancy, e marcou presença na retrospectiva de Pablo Picasso. Consta, também, que, movido por uma alegria desconcertante, foi à exposição de um duvidoso primitivista, obcecado por dentes, cujo nome lembra Egeu, ou coisa que o valha.

A fama de Farfalu fermentou. É mais noticiado e festejado do que os próprios expositores. Isso deixa os artistas aborrecidos e embaraçados. Com o tempo, acabaram se acostumando.

Por que toda essa agitação? Em que consiste essa espécie de atração à parte, quando ele se dispõe, nos finais de semana, a visitar as exposições?

A resposta é simples e complexa. Simples, porque pode ser dita em poucas palavras, sem meios-tons. Complexa, porque não há explicação plausível.

Consultei alguns psicanalistas. Fizeram digressões pueris, para não dizer elementares, em torno do priapismo. Seria um tipo (*rara avis in terris*) dessa extraordinária manifestação de origem mitológica.

Não acredito nessas opiniões extravagantes.

A verdade é que o pênis de Farfalu, parecidíssimo com pincel medieval (como o lembrado por Wilhelm Franger, no *Le Royaume Millénaire*, ao tratar de Hieronymus Bosch), corresponde a um magnífico termômetro de qualidade.

Para ser mais claro: quando, nas exposições, vê-se diante de excelente obra de arte, o pênis entra em ereção, custando muito a declinar. Se ela é insignificante, permanece em profunda sonolência, servindo apenas para micções noturnas e diárias.

A fama dele não foi conquistada aos saltos, resultado de uma ou outra ocorrência ocasional. Surgiu justificada por sucessivas e notáveis experiências.

Experiências feitas por pesquisadores renomados, professores universitários, críticos de artes em geral, jornalistas credenciados, artistas, escritores, músicos de reggae (Bob Marley participou três vezes), parapsicólogos, hipnotizadores (André Carneiro fez algumas demonstrações admiráveis), bem como por um latinista respeitado, que não se cansava de repetir o seu lema preferido: *Nemo me impune lacessit!*. Enfim, grupo de especialistas nacionais e estrangeiros dos mais eminentes.

Relatarei três episódios que muito me espantaram. Começo por aquele envolvendo o Diretor Monsieur Franchat, que, na semana retrasada, discutiu com o crítico Pisanelli a respeito de qual destas obras expostas no Museu é a melhor: o retrato de Mona Lisa (*Gioconda*), de Leonardo da Vinci; ou *A Madona, o Menino e São João Batista*, de Rafael, pintadas na mesma época (1505 e 1507).

Para resolver a pendência, ambos exigiram a presença de Farfalu para decidir. As duas obras foram postas uma ao lado da outra. Ao passar pela *Mona Lisa*, nada sentiu, mas, em frente, ao ver *A Madona, o Menino e São João Batista*, o pênis, que estava dormindo, acordou e quase rompeu a braguilha.

Foi um Deus nos acuda.

— Alguma coisa estranha, muito estranha está acontecendo! — gesticulava e gritava o inconformado Pisanelli.

O Diretor do Museu acabou confessando a farsa: havia exposto, para o confronto, uma cópia da *Mona Lisa*, encomendada de conceituado falsário. Jamais imaginou que fosse descoberta.

A história da falsidade rendeu, tanto que Farlau, na semana seguinte, foi desafiado pelo especialista François Drummond para dizer se *Ovídio e Corina*, de Agostino Carracci, era falsa ou não. Como ficou inibido com o grotesco da cena, preferiu para análise outra obra a ele apresentada, o conhecido *Étude pour la Mort de Sardanapale*, de Eugène Delacroix.

Pediu que a obra fosse colocada sobre o enorme cavalete. Com evidente prazer, o pênis, duríssimo e respeitoso, percorreu toda a pintura, ao mesmo tempo em que Farfalu, contente, repetia:

— As "fêmeas" sacrificadas são falsas, mas "os cães e os cavalos" favoritos são autênticos!

O terceiro evento é pitoresco e bizarro. Um pintor brasileiro, certo de que a ereção viria de forma natural (sempre considerou sua obra superior à *La fille Phallus*, de Hans Bellmer), provocou Farfalu com arrogância, ofendendo-lhe ao dizer que ele não se controlaria diante da qualidade da tela.

O dia e a hora do desafio foram anunciados. Até a imprensa internacional foi convocada. Só faltou o correspondente do *New Planet*, em razão dos conhecidos problemas financeiros da empresa.

A obra era um desenho de ave nordestina (segurando pelo bico conhecido inseto de tons rosa e palha), que não levanta voo por ter sido atingida por duplo estilingue.

Farfalu fez de tudo para estimular o pênis. Todavia, à sua revelia, por ter vontade própria, ele ensaiou a subida, subiu um pouco e parou!

O artista, desesperado, chegou a tocá-lo com a ponta da bengala, na esperança de vê-lo reiniciar a tarefa. O pior é que, além de não endurecer, projetando-se, voltou às origens, flácido, testemunhando o fracasso.

Sobre os detalhes da inconcebível agressão, relatarei noutra oportunidade.

POSFÁCIO

# TRATADO DAS PERVERSÕES
## Álvaro Cardoso Gomes

*Il piacere è il più certo mezzo di conoscimento offertoci dalla Natura e... colui il quale molto ha sofferto è men sapiente di colui il quale molto ha gioito.*
Gabriele D'Annunzio. *Il fuoco*.[1]

*Espelhos gêmeos*, já a uma primeira leitura, apresenta ao leitor os elementos essenciais da ficção de Péricles Prade: o fantástico, produzido por uma imaginação delirante, os desvios narrativos, que permitem associações livres entre personagens históricas e fictícias, fatos históricos ou não, o fino humor, o poético, o paródico, o grotesco e o erótico. No caso específico deste livro, esta última característica é que predomina, a ponto de se tornar o *Leitmotiven* de todos os contos, a obsessão comum a todas as narrativas. *Espelhos gêmeos* insere-se, pois, dentro do âmbito da chamada "literatura erótica", de tanto que nele avultam as perversões, os desvios, as referências escatológicas, as monomanias das personagens, que são movidas pelo motor da sexualidade desbragada e, ao mesmo tempo, movidas também por um frenesi que se esgota em si mesmo, como se o fim último do desejo fosse o culto do próprio desejo. Como num moto-contínuo, cheias de angústia, elas deslocam-se nos círculos infernais dos prazeres, que jamais se esgotam ou, quando se esgotam, as prendem em cárceres que são a representação simbólica do mundo da primeira infância. Desse modo, não é nada gratuito que a coletânea tenha como

---

[1] "O prazer é o meio mais certo de conhecimento que a Natureza nos oferece e... aquele que muito sofreu é menos sábio do que aquele que muito se alegrou."

título *Espelhos gêmeos*, porquanto não bastasse a imagem narcísica sugerida por "espelhos", ainda o adjetivo "gêmeos" vem reforçar a ideia de uma contemplação que se contempla a si mesma, servindo para criar um mundo à parte, um "véu de Maya" shopenhauriano, pura representação, cujos elementos se articulam de acordo com leis próprias e cujo maquinismo funciona graças a um (quase) único combustível que é a sexualidade. É isso que leva as personagens do livro a se tornarem protótipos de erotômanos, cuja única missão na existência é dar vazão às pulsões e satisfazer os prazeres, confrontando, com isso, os costumes, as leis impostas pelo sistema social e os mandamentos do sagrado.

Poderia parecer ocioso ou mesmo bizantino tentar caracterizar o que seja o "erótico", ainda mais se o confrontarmos com termos, digamos, irmãos, como "pornográfico" e "obsceno". Contudo, essa distinção faz-se necessária, na medida em que ajuda a explicar o destaque dado à sexualidade e a finalidade com que ela é explorada nos contos de Prade, tendo em vista as relações complexas que se estabelecem entre o texto e o leitor. Diria que aqui é preciso pensar na questão do *efeito*, que decorre tanto do modo como se manipula a sexualidade, um objeto entre outros da realidade, quanto da fruição pelo fruidor. Alexandrian, em sua *História da literatura erótica*, estabelece uma distinção não muito precisa entre o pornográfico, o obsceno e o erótico, pelo fato de a sua conceituação vir impregnada de juízo moral:

> A pornografia é a descrição pura e simples dos prazeres carnais; o erotismo é essa mesma descrição revalorizada em função de uma ideia do amor ou da vida social. Tudo o que é erótico é necessariamente pornográfico, com alguma coisa a mais. É muito mais importante estabelecer a diferença entre o erótico e o obsceno. Neste caso, considera-se que o erotismo é tudo o que torna a carne desejável, tudo o que a mostra em seu brilho ou em seu desabrochar, tudo o que desperta uma impressão de saúde, de beleza, de jogo deleitável; enquanto a obscenidade rebaixa a carne, associa a ela a sujeira, as doenças, as brincadeiras escatológicas, as palavras imundas.[2]

---

[2] Alexandrian, *História da literatura erótica*. Trad. A.M. Scherer e J.L. de Melo. Rio de Janeiro: Rocco, 1993, p. 8.

Se se aceitarem as conceituações do crítico francês, Safo, Catulo, Sade, Bataille e mesmo Péricles Prade, só para lembrar alguns nomes, receberiam o rótulo de "pornográficos" e "obscenos", pois, nas obras desses autores, avultam as "brincadeiras escatológicas", as "palavras imundas (*sic*)". O problema reside na inadequação dos termos utilizados pelo autor para distinguir "obsceno" de "erótico", de uma perspectiva apenas moral: de um lado, "desejável", "brilho", "impressão de saúde, de beleza", "jogo deleitável"; de outro lado, "sujeira", doenças", "palavras imundas". Assim, livros, quadros e filmes edulcorados, que se utilizam de um teor sexual *clean*, dando a "impressão de saúde", deixariam de ser pornográficos, a se crer na distinção elaborada por Alexandrian. É o caso, por exemplo, dos filmes dedicados à figura de Emanuelle, que vive aventuras sexuais, com pinceladas de voyeurismo, ninfomania, sadomasoquismo. Essas películas, como é notório, sem grandes pretensões artísticas, foram elaboradas com a finalidade específica de estimular a sexualidade do espectador. O lado *clean*, asséptico, das fitas, não disfarça a má cinematografia, as más interpretações, os cenários de caráter duvidoso, que servem para compor narrativas primárias. Em realidade, os pobres resultados artísticos desses filmes têm um fim específico: o imediatismo das sensações, que procura provocar num tipo de espectador pouco afeito a sutilezas. E isso é o resultado de um realismo nu e cru, via de regra, presente nas obras consideradas pornográficas, entendidas, segundo o conceito de Peter Wagner, como uma "representação realista, escrita ou visual, de órgãos genitais ou condutas sexuais, que implica transgressão deliberada da moral e dos tabus sociais existentes e amplamente aceitos".[3]

Talvez na expressão "estímulo sexual" esteja a chave da questão. É algo assemelhado que José Paulo Paes considera como fulcro dessa discussão. Para o crítico e poeta,

> Efeitos imediatos de excitação sexual é tudo quanto, no seu comercialismo rasteiro, pretende a literatura pornográfica. Já a literatura erótica, conquanto possa eventualmente suscitar efeitos desse tipo, não tem neles a sua principal razão de ser. O que ela busca, antes e acima de tudo, é dar representação a uma das formas da experiência

---

[3] Peter Wagner, *Eros Revived: Erotica of the Enlightenment in England and America*. Londres: Secker and Warburg, 1988, p. 7.

humana: a erótica. Representar é re-apresentar, tornar novamente presentes — presentificar — vivências que, por sua importância, mereçam ser permanentemente lembradas: na mitologia grega, Mnemosina, a memória, era a mãe das nove Musas ou artes. Pois a arte faculta reviver, no plano do imaginário, o essencial do que se viveu ou se aspirou a viver no plano do real.[4]

Aceitando o pressuposto de que o desejo sexual, os impulsos carnais, a sexualidade latente na primeira infância e presente nos ritos e mitos, são poderosos princípios que, ainda quando rechaçados, governam o homem e determinam seu comportamento, sou levado a pensar que cabe à arte perpetuá-los e, em consequência, torná-los mais intensos. Nesses casos, atingem uma potência insuspeitada, devido ao fato de a experiência sexual não se tratar "de uma experiência entre outras, mas daquilo que há de mais essencial na vida",[5] conforme afirma Todorov, ao tratar do erótico nas narrativas fantásticas. A distinção estabelecida por José Paulo Paes é mais feliz que a de Alexandrian, porque não há nela nenhum ranço moralista. Pelo contrário: o crítico envereda pelo estético, como fator diferenciador. O que na pornografia se reduz a um efeito passageiro sobre a psique do leitor/espectador, no terreno da arte dita, transmuda-se em efeito duradouro.

Se a "excitação sexual" pode vir a estar presente tanto na pornografia quanto na arte erótica, a diferença entre as duas manifestações da sexualidade reside mais no modo como a matéria, o tema, o assunto são tratados: numa, a finalidade primeira é causar determinado efeito no leitor e/ou espectador, de modo imediato, o que costumava acontecer, por exemplo, nos famosos "catecismos" do passado, que jamais eram expostos e costumavam ser vendidos clandestinamente. Em forma de romances, de coletânea de contos ou de histórias em quadrinhos,[6] serviam a um vasto público que prezava acima de tudo

---

[4] José Paulo Paes, "Erotismo e poesia". *Poesia erótica em tradução*. São Paulo: Companhia das Letras, 1990, p. 14.

[5] Tzvetan Todorov, *Introdução à literatura fantástica*. 3. ed. Trad. Maria Clara Correa Castello. São Paulo: Perspectiva, 2008, p. 135.

[6] Um dos maiores representantes, no Brasil, do quadrinho pornográfico foi o desenhista Carlos Zéfiro (Rio de Janeiro, 1921-1992). Pseudônimo do funcionário público Alcides Aguiar Caminha, ilustrou mais de quinhentos trabalhos que eram vendidos em bancas. Usava pseudônimo devido à censura muito rigorosa da época, que podia comprometer o seu emprego.

a manifestação direta da sexualidade, sem meios-tons, sem sugestividade. Nesse tipo de publicação,

> são fixadas *fantasias* sexuais. Nelas há maior beleza física, maior *potência* masculina e entrega feminina, e uma liberdade sexual muito maior do que seriam possíveis na realidade. Muitas vezes a vida é limitada a um aspecto puramente erótico-sexual. Muitas vezes mesmo os próprios homens e mulheres representados deixam de ter qualquer papel como caracteres ou tipos.[7]

Já na arte entendida como erótica (e não necessariamente pornográfica ou obscena), se, em alguns casos, a excitação sexual venha a acontecer, ela não é o fim. Em outros casos, a excitação sexual até deixa de acontecer, e o erótico, assim, comparece como um meio de provocar no leitor/espectador uma sensação de outro tipo. Por exemplo, em vez de causar excitação, prazer, pode causar espanto, repulsa, nojo e até mesmo o riso. É o que se dá na grande maioria dos relatos de Sade, nos quadros de Francis Bacon e em narrativas de Péricles Prade. A respeito deste último, tomo, por exemplo, uma passagem de "Pão furtado", em que a personagem tem como fetiche um pão, que lhe lembra o órgão sexual feminino:

> Tinha, na parte da frente, pequena mancha rosa, horizontal, em relevo, formando belo desenho. O desenho de uma bocetinha, com pentelhos ralos e crespos, perto dos lábios superiores, parecendo delicada carne crua.

O efeito sobre o leitor é o de estranhamento pela cena inusitada, grotesca, em que as palavras de baixo calão, a descrição precisa da anatomia feminina, servem a um determinado fim, qual seja, o de *representar* uma fixação, uma tara, uma perversão. Com isso, o leitor não é convocado para se excitar sexualmente, mas para experimentar uma sensação nova, a do estranho, a do incomum. Na cena final de "Confissão de Rosália ou Déruchette", o efeito do estranhamento é conseguido graças ao fantástico: a boneca inflável, por ciúme, mata o amante e a prostituta com quem ele saiu, envolvendo-os e sufocando-os com a vagina:

> Encontrei-o no cais, enlaçado com a prostituta, rindo à toa, sem sentir, atrás, a minha presença.

[7] Ludwig Knoll e Gerh-ard Jaeckel, *Léxico do erótico*. Lisboa: Bertrand, 1977, p. 309.

Num átimo, pus os dedos na vagina. Puxei com força os lábios maiores e menores, esgarçando-a. Como se fosse um parto às avessas, eu a enfiei na cabeça deles, fechando-a até ouvir os últimos suspiros.

O grotesco da cena, em que o narrador se utiliza de termos ligados à sexualidade ("vagina", "lábios"), mais serve para provocar o espanto ou mesmo o riso do leitor do que propriamente "excitação". Nessa inversão de valores, o órgão que se presta à manifestação da vida e/ou do prazer é usado para o seu oposto, a morte, como se o erotismo implicasse, segundo Bataille, "um princípio de violência e de violação mais ou menos declaradas".[8] A violação de um princípio — prazer/vida — não só tem como resultado a violência, mas também a violação da ordem normal das coisas, uma transgressão.

Dessa maneira, os efeitos da pornografia *stricto sensu* são efêmeros — basta lembrar de fotos clandestinas de nus da época vitoriana ou mesmo publicações da *Playboy*, em seus primórdios, quando ainda não era permitido exibir a genitália feminina, que não devem provocar mais do que bocejos de tédio nos aficionados de sexo de hoje em dia. Já a arte erótica intensifica as manifestações da sexualidade, presentifica-as, torna-as mais intensas, de maneira a despertar o leitor/espectador do letargo, a causar-lhe, em muitos momentos, até um verdadeiro choque. Isso porque a experiência sexual, sendo uma experiência vital, leva o homem a querer preservá-la a qualquer custo. Contudo, seu caráter efêmero, enquanto experiência vivida, costuma levá-la à extinção e, daí, ao esquecimento, o que faz que necessite de representações que a eternizem. Na arte erótica, torna-se um meio para um fim, porquanto "a arma mais eficaz contra o fluxo da natureza é a arte", segundo Camille Paglia, que ainda acrescenta:

os intermináveis assassinatos e tragédias da literatura estão lá para o prazer da contemplação, não como lição moral. Seu status de ficção, transferido para o recinto sagrado, intensifica nosso prazer, garantindo que a contemplação não pode transformar-se em ação.[9]

[8] Apud José Paulo Paes, op. cit., p. 15.
[9] Camille Paglia, *Personas sexuais*. Trad. Marcos Santarrita. São Paulo: Companhia das Letras, 1992, pp. 38-9.

Transferindo a reflexão para a experiência sexual, observa-se idêntico resultado: a arte erótica serve para intensificar o prazer, não no sentido da mera excitação sexual, o que implicaria uma intervenção direta do objeto artístico na realidade, sob a forma de uma modificação físico-psíquica do sujeito. A arte visa a tornar a experiência erótica mais viva, de maneira a despertar no leitor/espectador sentimentos desconhecidos, novos, ou despertar nele sentimentos que estariam adormecidos dentro de si e que só acordam para a vida por meio de um forte estímulo, seja na representação harmoniosa do nu, de cenas sexuais, seja na representação grotesca do coito, seja em cenas de extrema violência sadomasoquista, como acontece em Sade e congêneres. Como a sexualidade é uma força sempre em ebulição dentro do homem, que é sufocada, sublimada, exaltada, a sua evocação numa obra de arte tem o condão de ativar em nós os sentidos, as sensações, a um grau bem elevado e ajudar-nos a criar a sensação de vida pulsante. Por isso mesmo, segundo Camille Dumoulié, "o erotismo é o campo privilegiado dessa experiência da transgressão afirmativa que, todavia, nada mais afirma senão o desejo, e abre o limite ao ilimitado".[10]

Conclui-se disso tudo que o erotismo é um típico produto humano e, por consequência, deve ser considerado como algo distinto da atividade sexual em si, como bem observa Bataille:

> a mera atividade sexual é diferente do erotismo; a primeira se dá na vida animal, e tão somente a vida humana mostra uma atividade que determina, talvez, um aspecto "diabólico", a qual cabe a denominação de erotismo.[11]

O erotismo é um dado de cultura — bem diferente da "sexualidade animal ligada, de imediato, aos órgãos da reprodução e voltada de todo para a perpetuação da espécie" —[12] visa tão só ao prazer ou ao seu contrário, à exasperação, à dor, suscitadas pelo mesmo prazer, e a perpetuá-los, por meio da representação artística. Em alguns casos, até os chamados pra-

---

[10] Camille Dumoulié, *O desejo*. Trad. Ephraim Ferreira Alves. Petrópolis: Vozes, 2005, p. 282.

[11] Georges Bataille, *Las lagrimas de Eros*. Barcelona: Tusquets Editores, 1981, p. 37.

[12] José Paulo Paes, op. cit., p.15.

zeres da carne, quando exigem o refinamento dos sentidos a um alto grau, merecem ser compreendidos como uma ascese às avessas, como costumava acontecer com os chamados libertinos do século XVIII, que procuravam atingir um refinamento dos sentidos, cultuando a carne. Mas seja num caso — a sexualidade que se presta tão só aos fins genésicos —, seja noutro — a sexualidade que não visa à procriação —, é preciso lidar com um dado novo, que diz respeito à questão do proibido, do interdito.

Desde sempre, os costumes sociais e, por tabela, as religiões, procuraram refrear no homem o apetite sexual, tolerando-o apenas nos casos em que estaria voltado para o ato procriativo, o que provocou a proibição *in limine* da autossatisfação sexual, das perversões e do homossexualismo. Esses "desvios" mereceram grande destaque censório pelo fato de, nos tempos remotos, conspirarem contra a perpetuação da espécie, absolutamente necessária para a sobrevivência do homem na Terra. Vem daí que a sexualidade, confrontada com o sagrado, comece a ser controlada por uma série de mandamentos, de restrições, de proibições. Isso se dá porque, de modo geral, as religiões têm como escopo a condenação da natureza animal do homem, investindo contra o desejo, assumindo o princípio da castidade e, quando não, aceitando a sexualidade apenas dentro dos limites da instituição do casamento. Segundo Camille Dumoulié,

> O cristianismo vai significar a catástrofe do desejo. Tudo começa pela Queda. E a causa do pecado original foi o desejo, que fez entrar na história, com o diabo, um elemento até então ausente da visão filosófica do desejo: a mulher. Entrada catastrófica, então, isto é, segundo a etimologia, degringolada. O desejo é com certeza *de-siderium*: afastamento de Deus, queda do céu e dos astros (*sidera*), desastre. O sentido primeiro, o sentido mais concreto do verbo latino *desiderare* é "cessar de contemplar os astros".[13]

Cria-se assim o plano do interdito que, de modo paradoxal, só serve para estimular ainda mais a busca do homem pelo prazer, cuja mola propulsora se encontra na proibição de praticá-lo, pois, conforme ensina Bataille, "o proibido incita à transgressão, sem a qual a ação careceria de sua atração ma-

---

[13] Camille Dumoulié, op. cit., p. 83.

ligna e sedutora... O que seduz é a transgressão do proibido".[14] Aceitando-se esse princípio de que o proibido provoca a transgressão, o que explica a natureza paradoxal do homem, que cria regras, mandamentos, e, ao mesmo tempo, procura transgredir essas mesmas regras e mandamentos, verifica-se que onde mais se dá essa postura transgressora é na sexualidade. Isso porque ela, opondo-se a leis restritivas, coercitivas, presta-se a afirmar a liberdade do ser humano. Na realidade, como bem observou José Paulo Paes, estabelece-se um jogo dialético entre o interdito e "a transgressão, a qual, numa incoerência apenas aparente, serve exatamente para lembrá-lo e reforçá-lo: só se pode transgredir o que se reconheça proibido", o que serve para configurar a "mecânica do prazer".[15]

É o que se nota em *Espelhos gêmeos*: a presença do proibido, do interdito, faz-se notar em várias narrativas. Em "Doce compulsão", por exemplo, o anão observa que a atração que exerce sobre a mulher (e vice-versa) "é o conhecimento do prazer oculto". Em "Espelhos gêmeos", a mulher é proibida de entrar num determinado cômodo da casa pelo pai — na sequência da narrativa, o leitor fica sabendo que o quarto está interditado devido a ameaças sempre de ordem sexual: a avó possuía três seios, a garota que, entrando em um quarto proibido, viu "seu pequeno sexo, em carne viva, sangrar no vaso pleno de gerânios", a mulher, sofrendo complexo de Minotauro, trancou-se voluntariamente, guardando sob o travesseiro um "enorme pênis de touro branco" etc.

Já no conto intitulado "Breves histórias de Luigi Pomeranos", na seção "Sobre o perigo", o "perigo continua a rondar aqueles que fazem do prazer uma gruta terminal de explosões frequentes", ou seja: os que infringem regras, mandamentos, levados pelo culto do prazeroso, correm o risco de serem castigados. Em "Flop, flop, flop", o prazer nasce da noção da infração, como se deduz do uso da palavra "delito", em sua forma adjetiva: "como essa atitude podia ser resultado de um desses raros casos de telepatia, agradeci, com simples gesto, para não estimular, ainda mais, o gozo pela cumplicidade de-

---

[14] Georges Bataille, op. cit., p. 80.
[15] José Paulo Paes, op. cit., p. 15.

lituosa". O efeito transgressor mostra-se também de outro modo, quando se dá, por exemplo, a profanação do sagrado, como em "Diário de um sapato acima de qualquer suspeita", em que a personagem, para se excitar, coloca o pênis entre as páginas de um livro dedicado à Cabala, ou como em "Termômetro", em que um crítico de arte diletante exerce o seu mister, usando como instrumento de aferição de valores a ereção. E a profanação ocorre, quando o pênis, em repouso, "quase rompeu a braguilha", pelo fato de a personagem se postar diante das pinturas *Gioconda,* e *Madona, o Menino e São João Batista.*

Contudo, tanto o interdito quanto a transgressão são relativos, pois, para serem considerados como tal, dependem do contexto social e/ou cultural. Não é difícil lembrar aqui que o homossexualismo, por exemplo, era tolerado entre os gregos e que a prostituição, em algumas latitudes, no passado, tinha uma função ritualística, e era não só aceita, como também estimulada, como ilustra Flaubert, em seu romance *Salambô,* e Frazer confirma, ao tratar do culto de Adônis na Antiguidade:

> O povo de Biblos raspava a cabeça em seu luto anual por Adônis. As mulheres que se recusavam a sacrificar os cabelos tinham que se entregar aos estrangeiros em certo dia de festa, e o dinheiro que assim ganhavam era dedicado à deusa. Esse costume pode ter sido uma forma moderada de uma velha norma que, tanto em Biblos como em outros lugares, obrigava antigamente as mulheres, sem exceção, a sacrificar sua virtude a serviço da religião [...]. Na Armênia, as famílias mais nobres dedicavam suas filhas ao serviço da deusa Anait em seu templo em Acilisena, onde as moças viviam como prostitutas por muito tempo antes de se casarem.[16]

Em *Espelhos gêmeos,* chamo a atenção da história do jovem que nasce com o pênis localizado no lugar do nariz — a comunidade, ao contrário do que dita o senso comum, não o condena, quando ele exibe seu portentoso membro; pelo contrário, deslumbra-se com a visão do "adolescente vaidoso e de pênis ereto" que passeia "com a namorada". O deslumbramento, que serve mais para exaltar do que para condenar, dá-se pela contemplação coletiva do "generoso membro" — devido a isso, o desvio do jovem não merece censura. Em "Flop, flop,

---

[16] James George Frazer, *O ramo de ouro.* Trad. Waltensir Dutra. Rio de Janeiro: Zahar, 1982, p. 128.

flop", a personagem, de início, estranha quando a amante quer que ele participe de um *ménage à trois*, mas, não demora muito, tudo para ele se torna normal: "no primeiro dia, estranhei. No segundo, passei a me acostumar com a ideia. No terceiro, e seguintes, tudo correu normalmente". Como que representando metonimicamente o todo social, a pequena sociedade de amantes transforma, pelo hábito, o que é desvio, em padrão, o que faz que a perversão seja aceita e considerada algo normal. Em "O trapezista grego", o acrobata sente-se como "um deus, além do bem e do mal", e seu espetáculo de onanismo público é visto pelos espectadores como dentro dos padrões e não como uma perversão, um desvio, contrariando, no caso, prescrições bíblicas e/ou da moral e bons costumes. Conclui-se, a esse respeito, que, se o erotismo é um dado de cultura, a repressão, o interdito, a proibição, também dependem da cultura, dos costumes. No caso dos contos de Péricles Prade, representa-se, pelo viés do fantástico, muitas vezes, a aceitação pura e simples, por parte das personagens, do que, em outras circunstâncias e latitudes, seria considerado um desvio.

O culto do prazer, do erótico, uma manifestação profana, na realidade, tem toda uma gradação: no limite, ao se intensificar, constitui-se numa perversão. O termo, originário do latim — *perversio, perversionis* —, significava "transposição ou inversão (da construção no estilo), alteração de um texto", segundo *Dicionário Houaiss da língua portuguesa*; por extensão, passou a designar os desvios de qualquer espécie, mormente os sexuais. Nesse âmbito, segundo Freud,

> é determinada por um impulso autoerótico e um retorno à "loucura original". As relações entre autoerotismo e eu primitivo a esclareceriam. [...] a perversão é, pois, apresentada como uma regressão, ligada a uma interrupção do desenvolvimento do aparelho psíquico.[17]

Contudo, é preciso ter em mente a questão do relativismo, pois

> só se pode distinguir a perversão da normalidade porque a perversão se caracteriza por uma fixação prevalente, até mesmo total, do

---

[17] Patrick Valas, *Freud e a perversão*. Trad. Dulce Duque Estrada. Rio de Janeiro: Zahar, 1994, pp. 18-9.

desvio quanto ao objeto, e pela exclusividade da prática quanto ao desvio com relação ao objetivo.[18]

Assim, entende-se como perversão a atividade sexual, ligada à anomalia do comportamento, quando seu praticante não tem mira o coito em si — nessa condição, o indivíduo, afeito a práticas que fogem ao "padrão" social, moral, religioso, sobrevaloriza tão só a sua própria satisfação e, nesse caso, o parceiro acaba por se desumanizar, tornando-se um meio para o fim onanista do pervertido: "a perversão como mania torna impossível uma parceira: qualquer 'parceiro' não passa dum objeto de satisfação dos próprios desejos".[19] A perversão, por conseguinte, representa um desvio, a subversão de um princípio, o que remete o termo a seu sentido etimológico original. O pervertido, regressando a um estádio infantil da personalidade, em que a criança costuma se autossatisfazer, sempre coloca em segundo plano o "objeto", entendido como o seu parceiro, ou, em outras palavras, torna-se parceiro de si mesmo ou vê o parceiro como extensão de si mesmo. Nas palavras de Todorov, "se quisermos interpretar os temas do *tu* no mesmo nível de generalidade, devemos dizer que se trata preferentemente da relação do homem com seu desejo e, por isso mesmo, com seu inconsciente".[20] Quanto ao "objetivo", a finalidade da atividade sexual — o coito visando ao prazer de si e do outro e, por extensão, o coito visando à procriação — sofre também um desvio. De um lado, o prazer se ensimesma, para satisfazer apenas as pulsões do praticante; de outro, em determinadas circunstâncias, jamais se esgota, levando ao paroxismo das sensações, a um moto-contínuo, ao prazer pelo prazer, que, em determinadas circunstâncias (nas práticas sadomasoquistas, por exemplo), confunde-se com a dor. Isso porque *"il est probable que le pervers, attentif à un plaisir déterminé, en vienne à confondre le désir avec la douleur"*.[21] A dor, quando levada a seu extremo, em determinadas circunstâncias da experiência erótica sádica, leva à morte, que, em realidade,

---

[18] Ibid., p. 28.
[19] Ludwig Knoll e Gerhard Jaeckel, op. cit., p. 297.
[20] Tzvetan Todorov, op. cit., p. 148.
[21] Guy Rosolato. "Le fétiche". *Le Désir et la perversion*. Paris: Seuil, 1967, p. 19.

já estaria configurada na representação do orgasmo: quando o homem atinge o paroxismo do prazer, que envolve intensa atividade física, logo após, é forçado a um relaxamento, muito similar àquele propiciado pela morte.

As narrativas de *Espelhos gêmeos*, no seu conjunto, compõem um verdadeiro tratado de perversões, ou seja, nelas, as personagens, via de regra, veem seus parceiros como um meio para um fim, de maneira que a autossatisfação sexual seja a única motivação de seres desgarrados, que se entregam ao desenfreado jogo dos prazeres. Nesse caso, assemelham-se ao amante de xadrez de "Marcel enquanto joga", que proclama não ser "um desses jogadores tradicionais, preocupados em vencer a partida a qualquer custo". O que o "comove, até o êxtase, é o movimento das peças nas casas, mesmo se a partida, imortal ou não, perdure dias e dias nesse reino de possibilidades quase infinitas". O onanismo lúdico dessa personagem, que encontra paralelo nas atitudes onanistas das demais personagens de todo o livro, na realidade, tem um viés simbólico. Representa, ao cabo, o princípio estético que norteia a ficção de Péricles Prade.

Antes, porém, de deslindar esse problema, crucial, no entendimento desta ficção tão peculiar, creio que valeria a pena fazer um levantamento das diversas formas de perversão encontradas no livro e ver como se manifestam e se articulam, para não só compor um verdadeiro catálogo de perversões, mas também para caracterizar uma determinada postura frente ante o mundo, postura essa que se baseia num princípio autista. Em outras palavras, o objeto, entendido como parceiro do pervertido, serve apenas, como nos símbolos, para evocar um determinado estado físico e/ou de espírito, que não poderia ser atingido de outro modo, senão por intermédio desse elemento objetivo.

As perversões apresentam-se em *Espelhos gêmeos* em grande profusão e variedade. Algumas delas têm apenas uma leve referência, como a *coprofilia*, que é o ato de venerar sexualmente excrementos e secreções. Parente da *urologamia* (prazer na urina) e da *misofilia* (amor pela sujeira), remonta "à fase *anal* da *evolução sexual infantil*: nesta fase a criança sente prazer na defecção, e vê nos seus excrementos um produto de que se orgulha".[22] Comparece de maneira mais específica no conto "Obituário". Nele, a personagem possui uma compulsão que é a de "escrever, à noite, o próprio obituário, com a indicação do jornal onde deveria ser publicado", cujo teor é o seguinte:

> Faleceu ontem, aos 69 anos, na capital do Estado, o cientista frustrado e conhecido coprófago Antonio Bellegante, com a boca ainda cheia de fezes, mas sorrindo de prazer, como se estivesse numa câmara de nuvens.

As ideias de onanismo e compensação psíquica estão muito claras, pois, de um lado, o prazer é solitário, dispensando, inclusive, a presença do parceiro; de outro lado, o ato da coprofagia serve para compensar a frustração da personagem, que, em outras passagens da narrativa, enumera junto ao interlocutor tudo o que gostaria de ter feito em vida e não fez, compondo uma extensa lista: "eu gostaria de ter participado da experiência do plano inclinado [...], investigado o arco-íris, batido em bola de tênis com raquete oblíqua, medido a velocidade da luz no vácuo" etc. São desejos, volições, impossíveis de realização, porque fogem aos limites do homem ou porque são fantasias elaboradas pelo imaginário, configurando-se, às vezes, como verdadeiras metáforas de caráter poético, como: "Eu gostaria de ter [...] ajustado a equação da forma a que melhor se aplique a objetos minúsculos de óleo". Explica-se, portanto, o estado regressivo da personagem, que compensa a frustração com o recolhimento à fase infantil. Inclusive, não é difícil de perceber que o prazer atingido com o ato de devorar fezes é similar ao prazer experimentado pela criança quando protegida pelo ventre materno. A imagem com que a personagem fecha seu obituário — *"como se estivesse numa câmara de nuvens"* — é uma clara representação metafórica do útero, paraíso, no qual o ser descansa e sonha. Assim como a *coprofilia*, tratada de maneira parcial no livro, também a *ninfomania* e a *zoofilia* comparecem de modo restritivo: a primeira em "Flop, flop, flop", em que uma mulher insaciável é atacada de súbita impotência, provocada por um trauma de infância; a segunda, presente em "Donzela", "Sobre o perigo" e "Ave da

[22] Ludwig Knoll e Gerhard Jaeckel, op. cit., p. 97.

aurora" — nessas narrativas, homens mantêm relações sexuais com uma abelha, uma lebre e um galo. À parte o grotesco dessas situações, penso que o bestialismo acentua o princípio da regressão, no sentido de que o ser humano acentua o seu lado animalesco e, por conseguinte, retorna ao estado de natureza. Por outro lado, esse retorno tem um valor simbólico: é como se o homem voltasse a um tempo primitivo em que não houvesse distinção entre seres humanos e animais.

A *masturbação* ou *onanismo* comparece em "O trapezista grego", cuja personagem, sintomaticamente, se chama Onan, que remete à personagem Onan, do *Velho Testamento*, condenada por ejacular fora da vagina da mulher, para evitar a procriação. "Artista supremo", enquanto se balança nas alturas, comporta-se como um voyeurista/fetichista, ao contemplar os seios, as tranças negras de uma espectadora e ao se concentrar no "cheiro doce e selvagem que ela exalava". O resultado é que ele se masturba em público. A masturbação, enquanto manifestação solitária de prazer, implica a regressão a um estado infantil, mas o curioso é que, ao acontecer em público, está ligada ao *exibicionismo*. Contudo, pelo fato de Onan encontrar aceitação do público, verificam-se aí traços de uma perversão de caráter coletivo — "a multidão uivava de prazer como se integrasse grande orquestra de gêmeos pervertidos".

Outra perversão que aparece localizada numa determinada narrativa, embora tenha relação com as demais, é o *frotterismo*. O termo origina-se do francês *frotteur*, que significa "esfregar-se", "roçar-se"; por extensão, no mundo das perversões, refere-se ao homem que sente o desejo incontrolável de apalpar, de roçar nas mulheres. No conto "Escorpiões", o sobrenome do protagonista, Ladislau Orion, tem um sentido irônico, porque remete a uma figura mítica da Grécia antiga, o caçador gigante, morto pela picada de um escorpião no calcanhar, por ter violado Artemisa. Transformado em constelação, *"on dit en conséquence qu'Orion"*, nos céus, *"fuit constamment le Scorpion"*.[23] Seguindo os passos do seu ilustre antepassado, o Orion do conto também é um caçador de mulheres, contudo, só se

---

[23] Jean Chevalier et Alain Gheerbrant, *Dictionnaire des symboles*, v. 4. Paris: Robert Laffont, 1997, p. 163.

satisfaz apalpando-lhe as nádegas ou enfiando-lhes o dedo no ânus. Como um bom pervertido, seu fim último não é o coito, mas uma prática que nunca se esgota, porque sempre repetida à exaustão. Isso acontece porque ele é impotente, fato revelado ao narrador por uma médica. A impotência opõe-se ao cânon do homem viril, que se apoia no eterno tríptico: "*dresser, entrer, mouiller*" e depende de três condições, segundo o jurista Vincent Tagereau: "*la première*, ut arrigat, *c'est le érection; la deuxième*, ut vas saemineum referet, *c'est l'intromission; et la troisième et dernière*, ut in vase seminet, *c'est l'émission*".[24] A impotência de Ladislau supre as três condições do jurista, pois, em seu contato com as mulheres, não há referência à ereção e, muito menos, à penetração do membro viril e à emissão do esperma. Esse seu desvio, por isso mesmo, está ligado ao complexo sado-anal, no conto, simbolizado pela tatuagem de um escorpião branco, que sobressai em sua epiderme negra. Segundo André Barbault, esse símbolo vive "*sous la maîtrise planétaire de Mars, ainsi que de celle de Pluton, puissance mystérieuse et inexorable des ombres, de l'enfer, des ténèbres intérieures. Nous sommes au coeur du **complexe sado-anal du freudisme**".[25] Em função dessa perversão, que tem como fundamento um estado regressivo e, por conseguinte, a sua incapacidade de se relacionar com o outro, a não ser para se autossatisfazer, recebe como castigo um estupro ritualístico, quando o narrador, para vingar a honra da amante tocada por ele, insere-lhe no ânus um escorpião, "cuja ponta da cauda é magnífico tumor, repositório de pura peçonha". Não é difícil de se perceber que o animal tem um valor ambíguo — de um lado, aponta para a impotência da personagem, torna-se sua representação; de outro, é um símbolo do pênis.

O *exibicionismo* está presente, de modo bem declarado, no conto "Em família". Nessa narrativa, toda uma família gosta de se exibir em público. A começar por Prudente, que, "na festa de noivado", balança seu "membro avantajado", levando o narrador a interpretar o gesto apenas como resultado de ex-

---

[24] Apud Pierre Darmon. *Le Tribunal de l'impuissance: virilité et défaillances conjugales dans l'Ancienne France*. Paris: Seuil, 1979, pp. 26-7.

[25] Apud Jean Chevalier e Alain Gheerbrant, op. cit., v. 4, p. 164.

cesso de bebida. Mas é obrigado a mudar de opinião, quando o jovem exibe o membro outra vez em público, diante do Café Gomes. Mais tarde, a irmã de Prudente, num supermercado, tira a calcinha e mostra a vagina, também em público, e os pais deles fazem atos libidinosos na igreja de São Benedito. O exibicionismo de caráter coletivo leva o narrador a julgar que "esse comportamento coletivo foge dos padrões normais", contudo, é corrigido pelo psiquiatra Anatólio, que desenvolve a teoria de um "exibicionismo genético", cujo princípio baseia-se na ideia de que se cria uma "família de exibicionista",[26] quando o "avô, ou a avó, ou ambos, já nadaram (...) nessas águas de Narciso". Conclui-se daí que o *exibicionismo* confina com outra espécie de perversão, muito próxima, o *narcisismo*, assim conceituado por Freud:

> (O narcisista) experimenta prazer sexual olhando para, acariciando e afagando seu corpo, até a gratificação completa [...]. Tais pacientes, para os quais proponho o termo *parafrênicos*, expõem duas características fundamentais: sofrem de megalomania e retiram seu interesse do mundo exterior (pessoas e coisas).[27]

O exibicionista, por conseguinte, é também um narcisista — não é à toa que Prudente e sua irmã se encantam com seus respectivos membros sexuais, o primeiro, insistindo para as "pessoas comprarem a foto colorida de seu encantador documento"; a segunda, "vangloriando-se de ter o maior e o mais belo clitóris da região".

Onde, porém, o *narcisismo* marca mais presença no livro é em "Espelhos gêmeos", em que a personagem não só despreza "o mundo exterior", referido por Freud, confinando-se no velho casarão da família, uma representação do mundo infantil (ou mesmo do ventre materno) a que regressa, como também projeta, em espelhos, duplos de si mesma. Nesse conto, aliás, Péricles Prade cria curiosos duplos, a começar pelos espelhos gêmeos, que servem para quadruplicar as imagens, ou mesmo para criar uma imagem do infinito, demonizando as relações

---

[26] Ismond Rosen dá a entender que é possível o exibicionismo numa mesma família, por uma "predisposição constitucional" ou de base genética, *Os desvios sexuais*. Op. cit., p. 344 e 349.

[27] Sigmund Freud, *The Major Works of Sigmund Freud*, v. 54, *Encyclopaedia Britannica*. Chicago: University of Chicago, 1952, p. 399.

humanas. Segundo Benjamin, "quando dois espelhos se refletem, Satanás prega sua peça preferida, abrindo aqui à sua maneira (como seu parceiro o faz nos olhares dos amantes) a perspectiva do infinito".[28] Outros duplos são a avó que é, na realidade, irmã das irmãs confinadas, a neta que é a avó, e as irmãs que se tornam amantes. A confusão aparente só serve para ilustrar a ideia especular de círculo vicioso: o eu é o outro e, por isso, não consegue se desligar da esfera familiar, o seu cárcere, que o impede de assumir a vida na totalidade e que o leva a viver num estágio regressivo.

A par do *narcisismo,* desenham-se outras perversões em *Espelhos gêmeos*: o *incesto* e o *homossexualismo,* o primeiro, reprimido pelo sistema social, devido a seu caráter restritivo, porquanto limita a atividade sexual ao âmbito familiar; já o *homossexualismo* vem merecendo condenação, através dos tempos, porque privilegia o prazer em si, sem visar à procriação. O incesto entre irmãs, que tem seu componente lésbico, comparece no conto "Espelhos gêmeos". Como tal, merece punição, que ocorre sob a forma de aprisionamento simbólico em espelhos, quando o pai flagra as filhas praticando atos libidinosos. Quanto ao *homossexualismo,* está presente em "Dissimulado", em que se desenha uma relação amorosa oculta entre dois potros, em "Censura", que trata do lesbianismo entre formigas, "expulsas de um circo", pelo diretor, "Monsieur Vagin (sic)", devido a "atos libidinosos" e, em "Pequeno desastre", em que a personagem se vê possuída por uma atração incontrolável pelo pênis dos homens no banheiro:

> Ontem, sem razão plausível, ele me disse, no banheiro, com olhar indiscreto, que o seu pensamento tem, várias vezes, subido de garupa na faixa amarela da urina do vizinho, no banheiro, estatelando-se no chão antes de confessar o inconfessável.

Como se vê, os títulos de todos esses contos remetem a algo que deve permanecer oculto, que é censurável ou desastroso, pelo fato de ser entendido como um desvio em função da normalidade, via de regra, lembrada pelo narrador. Isso nos permite afirmar que, muitas vezes, é pelo foco narrativo

---

[28] Walter Benjamin, *Passagens.* Trad. Irene Aron e Cleonice Mourão. Belo Horizonte: UFMG/Imesp, 2007, p. 580.

que se percebe a presença de uma consciência censória ou, o contrário disso, uma consciência libertária, em relação a proibições. O primeiro caso é bem evidente no conto "Em família", em que o narrador censura o exibicionismo de uma família, ao dizer: "acho que esse comportamento coletivo foge dos padrões normais"; o segundo caso é patente em "Censura", quando o narrador, traduzindo a voz da coletividade, critica a postura censória do dono do circo que expulsa a formiga lésbica do espetáculo: "ninguém, até hoje, entendeu a intolerância de Monsieur Vagin".

Das perversões exploradas no livro, chamo a atenção para o *sadomasoquismo*, o *pigmaleonismo* e o *fetichismo*, que merecem por parte de Péricles Prade um tratamento todo especial, diferenciado. A primeira delas, segundo Freud, "não seria outra coisa além de um excessivo desenvolvimento agressivo da pulsão sexual",[29] em que o pervertido visa a causar sofrimento no parceiro, para se extrair daí o máximo prazer possível para si. Já o masoquismo, o oposto do sadismo, não é considerado uma perversão primária, mas "apenas o retorno do sadismo sobre o sujeito, que toma então o lugar do objeto sexual na satisfação que experimenta com o sofrimento infligido pelo parceiro amado".[30] A relação sadomasoquista é bem evidente em "Doce compulsão", em que um anão e uma mulher experimentam mórbida atração mútua, pelo fato de aquele espiar pelo buraco da fechadura a mulher, Isolda, a exibir as partes pudendas. Se a perversão determinante explorada aí, à primeira vista, parece ser o *voyeurismo/narcisismo*, numa segunda instância, percebe-se que é mesmo o *sadismo* que tem, por consequência, o *masoquismo*. Isso porque a mulher contemplada fura o olho esquerdo do anão, que confessa "que a cegueira parcial acabaria me excitando ainda mais". O paradoxo do prazer extraído da dor, prerrogativa do masoquismo, já explica em parte o título do conto, um oximoro, porquanto o tom intensivo da "compulsão" é atenuado pelo adjetivo "doce", ou seja, vê-se aí a fusão de pares opostos, que se manifestarão nos pares Isolda/sádica e anão/masoquista, de maneira que ambos

[29] Apud Patrick Valas, op. cit., p. 27.
[30] Ibid.

acabem compondo uma unidade inseparável, como se fossem o-ato-de-ver/o-ato-de-ser-visto, o contemplante/a contemplada, o-ser-que-castiga/o-ser-castigado etc. O curioso é que, apesar de pares, jamais se encontram e nem ao menos se tocam — o prazer mútuo é feito à distância. A consumação final do ato ritualístico, o verdadeiro orgasmo, acontece quando Isolda, na sequência, fura o olho direito do anão, o que representa, no caso, uma figuração da morte, que é parente do prazer, quando este atinge seu paroxismo:

> Obedeci, movido pelo desejo. Com a outra agulha, maior do que a anterior, de prata nobre, Isolda fez doze precisos movimentos. Dor aguda, intraduzível. Gritei por dentro e por fora, a alma e o rosto lambuzados de sangue no auge do gozo prematuro.

Nesse consentimento mútuo de causar sofrimento, sofrer e gozar, há uma inversão de papéis entre o homem e a mulher, uma espécie de *metatropismo*, porquanto o primeiro torna-se passivo, e a segunda, ativa. Aliás, o fato de a mulher possuir apenas um seio remete à imagem mítica das Amazonas, mulheres que assumiam o papel dos homens em sua restritiva sociedade. Sendo assim, é possível ler a agulha perfurante como uma representação simbólica do pênis, que serve, como num estupro consentido, para penetrar sadicamente o olho, um simulacro da vagina e/ou do ânus. Aliás, segundo Freud, "o olho corresponde a uma zona erótica" e, assim, ilustra-se, nesse conto, um "instinto parcial, o da escopofilia, ou seja, uma sexualização do olhar".[31]

Ainda a respeito da palavra "compulsão", presente no título do conto — um impulso irresistível de um indivíduo, que o leva a repetir sempre os mesmos atos, independente dos resultados —, é preciso dizer que ela se identifica com o princípio da "pulsão", explorado por Freud. Segundo o psicanalista austríaco, a pulsão tem, como objetivo mais imediato, "apaziguar a excitação, bem como a satisfação obtida no nível mesmo da zona erógena".[32] Ainda é possível dizer que

> a pulsão se origina num órgão que é a sede de uma excitação especificamente sexual. Designado, por esse motivo, como a "zona

[31] Apud Ismond Rosen, op. cit., pp. 360 e 358.
[32] Patrick Valas, op. cit., p. 31.

erógena", esse órgão de onde provém a pulsão parcial se comporta como um aparelho sexual secundário, podendo usurpar as funções do próprio aparelho genital.[33]

Em "Doce compulsão", o órgão que se "comporta como um aparelho sexual secundário" é o olho, por meio do qual o anão contempla a mulher, mas sem jamais atingir a satisfação plena, o que implica que tenha uma "fidelidade ao olhar" e que se obrigue a repetir sempre o mesmo ritual de espiar, de maneira obsessiva, a mulher, pois o tempo da pulsão "é o da repetição e do eterno retorno", na medida em que ela não conhece "nenhum verdadeiro objeto que a possa satisfazer".[34] O intenso gozo do anão leva-o a ser paradoxalmente um voyeurista cego, no sentido de que o ato imaginário de contemplar torna-se mais forte que o próprio ato de ver. Ou seja: como todo pervertido, ele também oblitera a realidade e trabalha sobre construtos do imaginário. A perversão voyeurista da personagem acentua-se ainda mais como uma regressão, pelo fato de a personagem ser o que é, um anão que, a par de representar "a personificação daquelas forças que permanecem virtualmente fora da órbita da consciência", possui "certas características infantis devido a seu tamanho pequeno".[35] Por outro lado, a mulher que dança para o prazer contemplativo do anão compraz-se, como já demonstrei, com outra modalidade de prazer, o *sadismo*, ligado à superação da castração, no plano feminino. Verifica-se, assim, que *sadismo* e *masoquismo*, nesse conto, constituem as faces de uma mesma moeda, um não existe sem o outro, pois o primeiro só se realiza com a mulher que inflige castigo ao anão, e o segundo, com o anão que se submete a castigos da mulher. Além disso, ambas as personagens afirmam impulsos infantis: o anão, mostrando um processo de autossatisfação, só se satisfaz com a prática voyeurista; a mulher, causando sofrimento ao parceiro, por meio do fetiche da agulha.

---

[33] Ibid.

[34] Camille Dumoulié, op. cit., p. 112.

[35] Juan-Eduardo Cirlot. *A Dictionary of Symbols*. Nova York: Philosophical Library, 1983, p. 91.

O *pigmaleonismo*, perversão que se caracteriza pelo amor sexual por bonecas, revela no homem o desejo regressivo de "encontrar uma parceira que não tenha vontade própria"[36] e que, por isso mesmo, acaba sendo submetida a todos os desejos do amante egótico. O comportamento amoroso desse tipo de pervertido é similar ao de uma criança mimada, habituada a querer fazer do mundo uma extensão de si, para moldá-lo a seus desígnios. Em "Confissão de Rosália ou Déruchette",[37] essa perversão é explorada em toda sua intensidade e explica-se a partir da compreensão do perfil psicológico da personagem W. Conforme a descrição do narrador — no caso, a própria boneca inflável —, ele "era, ao mesmo tempo, jogador, *flâneur* e colecionador", e isso o leva a ter um comportamento muito peculiar ante o mundo, pelo fato de ser um diletante. O jogador é a representação do *homo ludens*, por excelência. Conforme Huizinga, o jogo tem como característica formal o fato de ele ser desinteressado, pois, por não pertencer à vida "comum",

> ele se situa fora do mecanismo de satisfação imediata das necessidades e dos desejos e, pelo contrário, interrompe este mecanismo. Ele se insinua como a atividade temporária que tem uma finalidade autônoma se realiza tendo em vista uma satisfação que consiste nessa própria realização.[38]

A ação de W., devido ao seu amor pelo jogo, foge aos mecanismos do cotidiano, da rotina e do útil, o que se acentua com sua assunção da *flânerie*, ou seja, a par de seu vício de jogador, ele é a personagem que flana pela cidade, num ritmo só seu e que se opõe ao ritmo frenético dos cidadãos, entregues à azáfama do dia a dia. Walter Benjamin, em "A Paris do Segundo Império em Baudelaire", assim caracteriza o ritmo do chamado *flâneur*: "ocioso, caminhava como se fosse uma personalidade: assim era o seu protesto contra a divisão do trabalho, que transforma as pessoas em especialistas. Assim

---

[36] Ludwig Knoll e Gerhard Jaeckel, op. cit., p. 301.

[37] O nome Déruchette é de uma das personagens de *Os trabalhadores do mar*, de Victor Hugo. Segundo Walter Benjamin (*Passagens*, op. cit., p. 735), o escritor francês, enquanto escrevia seu livro, tinha diante de si uma boneca, que lhe serviu de modelo para a personagem.

[38] Johan Huizinga, *Homo ludens: o jogo como elemento da cultura*. Trad. João Paulo Monteiro. São Paulo: Perspectiva/Edusp, 1971, pp. 11-2.

ele também protestava contra a operosidade e eficiência".[39] Esse seu descompromisso com a vida operosa é indicado duplamente no conto: de um lado, não trabalha, vive uma vida ociosa, de outro, tem uma atividade sexual variada — heterossexual e homossexual, ao mesmo tempo —, embora seus relacionamentos sejam todos eles com bonecas, marionetes e manequins.

Além de jogador e *flâneur*, W. é também um colecionador, um tipo de pessoa que tem o condão de tirar dos objetos a sua utilidade, a sua função ("retira os objetos de suas relações funcionais", segundo Benjamin[40]), e de lhes dar um caráter fetichista. Nota-se, assim, na personagem, devido a seu modo de ser, um comportamento autista, no sentido de que ele se distancia do mundo e dos seres, ao criar um paraíso artificial. Ainda é possível afirmar que o colecionador, de certa maneira, tem o desejo de possuir o mundo, agindo metonimicamente sobre ele: ao dominar as partes, organizando-as de maneira meticulosa, cria a ilusão de dominar o todo, com o intuito de superar a desordem, o caos do real, pois "é tocado bem na origem pela confusão, pela dispersão em que se encontram as coisas do mundo".[41] Nesse sentido, ele é um simulacro do artista, do esteta, que vive uma vida vicária, pautada pelo ócio, pela gratuidade suprema e pela rejeição do utilitarismo. A sua perversão, o *pigmaleonismo*, representa um modo de rejeitar a prática do amor de acordo com o natural, porquanto, em suas relações sexuais, cultua o prazer pelo prazer (ou o prazer onanista, porque solitário), que não visa ao ato procriativo e nem ao menos à troca de satisfações com o Outro. O parceiro, em realidade, anula-se, é mero objeto de gozo e, portanto, é substituído a bel-prazer do amante, que acaba colecionando mulheres e homens — ainda que artificiais —, como coleciona os demais objetos. Não seria demais acrescentar que o colecionador, retendo objetos, assemelha-se à criança que, vivendo a fase anal, sente prazer em reter as fezes. O seu assassinato no

---

[39] Walter Benjamin. *Sociologia*. Tradução brasileira. Org. Flávio R. Kothe e Florestan Fernandes. São Paulo: Ática, 1985, p. 81.

[40] Walter Benjamin, *Passagens*, op. cit., p. 241.

[41] Ibid., p. 245.

final da narrativa tem um valor simbólico. Esse fato acontece porque ele trai um princípio, ao sair com uma mulher de carne osso — nesse caso, inverte as suas prerrogativas, ao substituir o artificial pelo natural. Como castigo, é afogado pela vagina de plástico da ex-amante, um arremedo artificioso da vagina da Mãe Terrível que, desse modo, se apodera da libido do filho, quando este, ao regredir ao estado de natureza, se submete a suas leis.

O *fetichismo* é, talvez, das perversões de *Espelhos gêmeos*, a mais constante, aparecendo na maioria dos contos, ora como um detalhe no enredo, ora se tornando o motivo central da narrativa. O fetiche, em princípio, é um objeto a que se atribui poder sobrenatural ou mágico. Ao ser apropriado pela psicanálise,

> refere-se a algo que é colocado em lugar do objeto sexual, podendo ser uma parte do corpo, inapropriada para as finalidades sexuais, ou algum objeto inanimado que tenha relação atribuível com a pessoa que ele substitui, como uma peça de roupa, um adereço ou até *um brilho no nariz*, tomando o exemplo com que Freud inicia o texto *Fetichismo*, em 1927.[42]

De acordo com Freud, o mecanismo do fetichismo fundamenta-se sobre um recalque infantil. A criança, incapaz de aceitar que as mulheres não tenham o órgão viril, ideia que se lhe torna inquietante e insuportável, reconhece a ausência do pênis e a nega, substituindo-a por um símbolo, que pode ser uma parte do corpo feminino ou um objeto ligado a ele. Como resultado disso, "os objetos feiticistas transformam-se em parceiros sexuais; o homem feiticista utiliza-os para a *masturbação*",[43] já que ele não se satisfaz com a totalidade do corpo do seu parceiro. O fetichista, em consequência, ao manipular objetos simbólicos, está sempre compensando uma falta traumática, a do pênis na mãe, ou ainda:

> *chez le fétichiste [...] il y a une remarquable correspondance entre la question fondamentale que vise le désavu (la castration, la différence des sexes), en plein centre de la cible, et un plaisir sexuel bien délimité, convergeant sur l'objet-fétiche.*[44]

[42] Carlos Antônio Andrade Mello. Um olhar sobre o fetichismo. Op. cit., p. 72.
[43] Ludwig Knoll e Gerhard Jaeckel, op. cit., p. 160.
[44] Guy Rosolato, op. cit., p. 18.

O fetichista é assim o *protótipo* do perverso, pois "pensa reduzir todas as coisas a um gozo fálico que domina, ainda que ele tenha mesmo que ocupar a posição do falo do Outro",[45] e isso talvez se deve a um problema de linguagem. Não é difícil perceber o quanto a terminologia utilizada nos relatos pornográficos, obscenos, eróticos, atinge o status de fetiche: "a ênfase no realismo transforma-se, paradoxalmente, em forma grotesca, os falos são sempre imensos, as vaginas multiplicam-se e o ato sexual é uma espécie de frenesi improvável".[46] O fetiche da linguagem, na ficção de Péricles Prade, ocorre num conto como "Em família": Prudente é descrito como tendo "um membro avantajado"; sua irmã vangloria-se de "ter o maior e o mais belo clitóris da região".

O *fetichismo* costuma ser representado de dois modos fundamentais, levando-se em consideração um menor ou um maior distanciamento do objeto simbólico em relação à totalidade desse Outro, que é objeto do ato fetichista. Num primeiro caso, a adoração do fetichista concentra-se numa parte do corpo da amante: pés, mãos, olhos, boca, cabelos etc. — desse modo, a representação simbólica trabalhará sempre com a sinédoque, "figura de linguagem, não raro identificada com a metonímia, consiste em designar, numa contiguidade quantitativa", entre outras coisas, "a parte pelo todo".[47] Verifica-se aí uma integração entre o objeto de adoração, a representação da "parte", e o ser que se ama ou que se deseja, a representação do "todo". No segundo caso, a fixação acontece em relação a um sapato, a um vestido, a uma luva, a um pente etc., o que implica o uso da metonímia, pois não há relação íntima entre o objeto fetichizado e o ser que a ele está ligado. A distância do amante, em relação ao ser do desejo, tem como consequência uma operação simbólica mais complexa, na medida em que o ser que deseja fecha-se mais em seu mundo autista, artificializando as operações do desejo.

---

[45] Camille Dumoulié, op. cit., p. 240.

[46] Lynn Hunt (org.), *A invenção da pornografia: obscenidade e as origens da modernidade 1500-1800*. São Paulo: Hedra, 1999, p. 39.

[47] Massaud Moisés, *Dicionário de termos literários*. São Paulo: Cultrix, 2004, p. 429.

Na maioria dos contos de *Espelhos gêmeos*, predomina o *fetichismo* de primeiro grau, ou seja, aquele tipo em que o objeto que se manipula tem íntima relação com o ser que se deseja. Lembro aqui os seios, coxas e tranças que excitam o acrobata de "O trapezista grego", as nádegas apalpadas por Ladislau de "Escorpiões", os pés que a mulher lava em "Cobra-rei" e que se identificam com o pênis-cobra, o nariz em "Desconforto passageiro", que provoca ereção na personagem, ao ser esfregado na tampa do caixão de defunto etc. Mas é no conto "Diário de um sapato acima de qualquer suspeita"[48] que se vê em toda sua intensidade a exploração do *fetichismo* em segundo grau (o fetiche metonímico, em que o objeto de desejo distancia-se do Outro) e, de certo modo, uma explicação alegórico-simbólica de seu funcionamento. No conto em questão, o narrador é um sapato que deixa um diário incongruente, cobrindo um período de sete séculos, nos quais, ele vai passando de mãos em mãos e exercendo o seu mister como fetiche. Devido ao fato de o *fetichismo* exercer-se sobre um sapato, essa variante recebe o nome de *retifismo*. O termo, em si uma metonímia, origina-se do nome do escritor francês Restiff de La Bretonne. Nicolas Edme Restiff (1734-1806), chamado de La Bretonne pelo pai, foi um dos mais prolíficos escritores do seu tempo e contemporâneo de Sade. Escreveu mais de duzentos livros de todos os gêneros e costumava tirar inspiração da vida na província, onde passou a juventude (vila de Sacy próxima de Auxerre) e da vida agitada de libertino em Paris. Entre suas obras de caráter fescenino, destacam-se *Le Pied de Fanchette* (1769) e *Le Paysan perverti* (1775), sendo que, na primeira delas, é que vai mostrar, de maneira bem declarada, essa fixação pelos pés e calçados femininos. Não é à toa que esse escritor vai servir de inspiração ao sapato narrador, que, nas últimas linhas de seu diário, confessa que reforçou "a opinião a respeito da necessidade do registro, seguindo o ensinamento do escritor Nicolas de La Bretonne".

O diário inicia-se em 1235, quando o dono do sapato, Ramón Llull, aos 75 anos, atormentado pela impotência,

---

[48] O título desse conto talvez seja uma paródia do título de um filme de Elio Petri — *Investigação sobre um cidadão acima de qualquer suspeita*, produzido em 1970.

procura saná-la, recorrendo, em vão, a vários expedientes, todos eles de caráter profano. Primeiro, experimenta o ato sacrílego de colocar o pênis na página 666 do livro da Cabala. Não obtendo êxito, recorre a outro expediente profano, ao "pôr, após várias tentativas, na mesma página, o esboço daquilo que, em 1830, seria a ilustração anônima intitulada "Na casa de banho":

A ilustração é obscena e/ou pornográfica pela atmosfera lasciva que recria, visando à excitação: duas mulheres mostrando as nádegas, uma outra exibindo os pelos pubianos e masturbando um homem dentro da banheira. Contudo, nem esse expediente é capaz de proporcionar uma ereção a Ramón, que só irá conseguir isso, ao introduzir o salto do sapato entre as páginas do livro sagrado: "em poucos minutos, sentiu entre as pernas um volume considerável". A profanação, neste trecho da narrativa, atinge vários graus — no primeiro caso, há um contato físico entre Ramón e o livro sagrado, numa representação simbólica de um estupro, na penetração falhada da obra sacra; no segundo caso, há a confrontação de duas obras — a sacra e a profana; no terceiro, fundem-se os dois casos anteriores, porquanto o sapato é um substituto do pênis e, ao mesmo tempo, um objeto profano, elevado à condição de objeto-fetiche, o que tem como resultado a satisfação onanista do sábio.

Cinco séculos depois, o sapato encontra-se de posse de uma Marquesa que o considera "mais atraente do que o Conde", seu marido, e por isso mesmo, serve-se do sapato, sentando-se sobre ele, para se satisfazer, levando o calçado a concluir que "fico feliz ao saber que não possuo apenas uma única utilidade". Aponto aí dois aspectos importantes que só servem pare reforçar o princípio do funcionamento do fetiche: há uma evidente ideia de desvio, pois a mulher, ao mesmo tempo que dá uma utilidade fora do comum ao sapato, ainda despreza o parceiro sexual e compraz-se com a masturbação com um objeto que a excita. É isso que a faz recusar "o amor tradicional" e a conceder ao sapato o status de "amante preferido". Na simbólica fetichista da Marquesa, a função do sapato amplia-se, a tal ponto que, de simples peça de vestuário, passa a representar, num primeiro estágio, em seu hermafroditismo, tanto a vagina quanto o pênis,[49] e, num segundo estágio, o Outro. Em outras palavras, o significado simbólico do sapato é aumentado: de simples complemento, transforma-se num ser. Quase duzentos anos mais tarde, o sapato está de posse de outra mulher, Gerda Wegener — nesse momento, verifica-se um duplo movimento fetichista: enquanto a mulher se encanta com a própria vagina, espreitando-a por meio de um espelho, o sapato, enciumado, após fazer considerações sobre a anatomia da amante, almeja satisfazê-la com o contato de seu "couro italiano".

No último dos fragmentos do diário, há uma referência explícita ao filme *Der blaue Engel*, de 1930, dirigido por Von Sternberg e estrelado por Marlene Dietrich, que conta a história de um austero professor que, ao se envolver com uma dançarina de cabaré, de nome Lola, sofre um processo de crescente degradação física e moral. Mas não só isso, o narrador também descreve uma cena capital da película, na qual, a sedução da mulher atingirá seu ponto máximo: ela canta, assentada sobre um barril e, sensualmente, exibe as belas pernas, apoiando o salto do sapato sobre um dos joelhos. A

---

[49] "O fetichismo do pé e do calçado feminino só parece se sustentar como um símbolo, um *Ersatz* do membro adorado do tempo da infância, e depois perdido." Patrick Valas, op. cit., p. 55.

descrição da cena constitui uma *ekphrasis*, que se caracteriza como um "recurso expressivo" que "inicialmente designava a descrição em geral, mas logo passou a ser empregado também no sentido específico de descrição de uma obra de arte".[50] Utilizando-se desse expediente retórico, o narrador como que congela a narrativa, tirando dela todo e qualquer movimento, e esse expediente serve para que se manifeste aqui o sentido alegórico-simbólico do *fetichismo-retifismo* em *Espelhos gêmeos*. A começar que há um processo de desvio e/ou transferência, ou seja, como o narrador se dirige ao leitor — "olhem bem o sapato direito encostado no joelho esquerdo" —, este, *malgré lui*, acaba se transformando também num fetichista e, nessa condição, exerce o seu ofício de pervertido junto (ou no lugar) das personagens. Porque, na realidade, o que se deduz da cena congelada é que o *fetichismo* de segundo grau — de caráter metonímico, portanto — tem mais força que o do primeiro grau, pois "ele (o sapato) é que representa o elemento primordial dessa eternidade. As pernas envelhecerão: ele, não". Um objeto que representa o Outro, ainda que distante do Outro, a quem pertenceu, tem mais força evocativa do Outro do que uma parte do próprio Outro.

O artificial supera o natural, pois o sapato, enquanto elemento deflagrador do erótico, passa a ter mais valia que o corpo em sua totalidade. Ora, é por isso que o narrador-sapato dá ao leitor a condição de fetichista, porque, desse modo, faz que seu diário, de maneira aparente, inconcluso, permaneça *ad aeternum*, renovando-se a cada leitura e modificando-se, dependendo da ótica de cada espectador privilegiado da cena sensual. Percebe-se, assim, que o *fetichismo*, mais do que uma perversão, configura-se como a atitude artística por excelência, enquanto o fetichista, por sua vez, configura-se como o artista. Nessa condição, o objeto de fetiche, o sapato, de certo modo, dispensa o Outro e instaura-se ele próprio como uma realidade autônoma. Afinal, o sapato, personificado, é narrador e personagem e tem, por isso mesmo, uma crônica pessoal, que o eterniza. É desse modo que a arte trabalha com a realidade

---

[50] Massaud Moisés. *A literatura como denúncia*. Cotia: Íbis, 2002, p. 114.

— com simulacros, que a perpetuam; afinal, de acordo com o primeiro aforismo de Hipócrates, *ars longa, vita brevis.*

Essas reflexões acerca do fetichismo e sua relação com o artificial, com o mundo da arte, terão seu desdobramento no talvez mais emblemático conto de todo o livro, intitulado "Marcel enquanto joga". Nele, a personagem-narradora, já de início, aponta o seu "vício", a sua "obsessão", que é o jogo de xadrez, mas seu desvio diz respeito ao fato de ele se interessar menos pela vitória do que pelo jogo em si, pelo "movimento das peças nas casas, mesmo que a partida, imortal ou não, perdure dias e dias nesse reino de possibilidades infinitas". A personagem é, de certo modo, um *voyeur*, pois se desliga da vida e se compraz em observar Marcel Duchamp jogando xadrez, numa foto de 1963, tirada por Julian Vasser. O artista plástico francês aparece jogando xadrez, numa das salas do Pasadena Art Museum, tendo diante si, como improvável antagonista, uma mulher nua, o que serve para dar o tom surrealista a toda a cena. Mais uma vez, Péricles Prade utiliza-se da figura da *ekphrasis* não só na referência explícita à fotografia de Vasser, mas também na descrição e interpretação da foto por parte do narrador-personagem. O leitor tem sua atenção chamada para o fato de Duchamp concentrar-se todo no jogo, "alheio ao mundo",[51] sem prestar a mínima atenção à mulher nua. Há, pois, um desvio, no sentido de que o homem se desliga do natural e se concentra no artificial, o que implica o absoluto controle das pulsões, da sexualidade. Essa atitude do artista contamina o voyeurista, que confessa:

> Se alguém, no entanto, colocou-a lá, com o propósito de seduzir os espectadores, desde já afirmo: não me excito com os fartos seios à mostra, a barriguinha abaulada, os sombreados pentelhos aparecidos, a boceta escondida entre as coxas brancas, talvez tão pensativa quanto ela, que segura a cabeça de madeixas negras, dando a impressão de cair a qualquer momento.

---

[51] A postura de Marcel Duchamp, enquanto jogador de xadrez na foto em pauta, é muito similar à dos jogadores de xadrez de um poema de Ricardo Reis, que define esse jogo como o "dos grandes indif'rentes", no sentido de que, quando se entregam a esse artifício, alheiam-se completamente das fainas e dramas da vida. *Ficções do interlúdio: Fernando Pessoa, obra poética.* Rio de Janeiro: Aguilar, 1972, pp. 267-9.

O fundamental nesta reflexão é que o narrador-personagem descreve a figura feminina, descendo ao escatológico, servindo-se de termos de baixo calão e chegando mesmo a adivinhar algo que não comparece em cena e que é um produto de sua imaginação — a vagina "escondida entre as coxas brancas". Retorno ao início deste posfácio, para sublinhar que a questão da "excitação sexual" é essencial para distinguir a arte erótica do pornográfico e do obsceno. O apelo sexual anula-se, em Duchamp, que o sublima pelo jogo — o mesmo se passa com o narrador, ao observar o artista jogando, e com o leitor que vem a perceber que a mulher nua é apenas um suporte para essa confrontação entre o natural/animal e o artificial/humano, que é a base de toda a cultura. É por isso que, na conclusão da narrativa, o músico homossexual Bobby Byrne, "de mãos dadas com o recente namorado", observa que "a beleza não se encontra na nudez da desconhecida, mas em Marcel, enquanto joga", o que leva o narrador-personagem a fechar o conto, dizendo que rasgou a fotografia, pela metade, jogando "no lixo a parte que não tocou meu coração latino". É evidente que descartou a metade da foto contendo a mulher nua, porque ela, segundo os padrões de normalidade, é que deveria ativar o mecanismo das emoções e pulsões, ainda mais em se tratando de um "coração latino". A parte conservada da foto privilegia o artista em atitude contemplativa, alheio ao mundo e alheio, sobretudo, à possível erotomania, provocada pela mulher desnuda que se oferece a sua frente como verdadeira tentação.

Apoiando-me nos dois contos mais emblemáticos do livro — "Diário de um sapato acima de qualquer suspeita" e "Marcel enquanto joga", posso afirmar que, se eles expressam de maneira bem evidente o princípio da sublimação, ousaria afirmar que as demais narrativas também são caudatárias dessa mesma posição, ainda que de maneira sub-reptícia. De uma forma ou de outra, as personagens todas do livro, cada uma a seu modo, desprezam o Outro, enquanto complementação do prazer, para se concentrarem numa perversão particular, ou fazem do Outro o suporte para a manifestação de uma determinada perversão. Isso talvez sirva para explicar as complexas relações que se estabelecem entre a natureza e o homem. Retomando Camille Paglia, lembro que o ser humano, durante o dia, é criatura social, mas à noite mergulha "no mundo dos sonhos, onde reina a natureza, onde não existe lei, mas apenas sexo, crueldade e metamorfose".[52] O esforço do humano, pois, foi sempre o de despregar-se da natureza e distinguir-se dos animais, para afirmar a sua humanidade, porquanto "uma mente que se abrisse inteiramente para a natureza, sem preconceito sentimental, ficaria farta do grosseiro materialismo da natureza, sua incansável superfluidade".[53] A natureza é o reino do ctônico, das forças primevas, animalescas que, se atraem o sujeito, por sua magnificência, por sua força, por outro lado, o assustam por querer reduzi-lo ao instinto primário e submetê-lo aos desmandos da besta ancestral, que está sempre a espreitá-lo nos escaninhos do inconsciente, como aconteceu ao pobre do Dr. Jekyll, dominado por seu Outro, o bestial Mr. Hyde. E a sexualidade faz parte dessa ordem ctônica, subterrânea e, no limite, quando o ser humano se deixa dominar por ela, acaba por igualar-se aos animais, que obedecem tão só ao primado dos instintos básicos.

Vem daí que, para afirmar a supremacia do espírito, do intelecto sobre a natureza (e sobre a sexualidade bruta), o homem, desde o início dos tempos, vem encontrando dois meios fundamentais para escapar do domínio da animalidade bruta: o religioso e o artístico. O primeiro procura castrar o desejo, sob a forma de regras e mandamentos, para controlar a libido e encarcerá-la, fazendo do homem um eunuco. O segundo, pelo contrário, *afirma* o desejo, entre outras coisas, por meio da arte erótica, somente que, servindo-se de sua força, de sua importância fundamental na constituição e na afirmação do homem enquanto homem, faz dele um objeto da contemplação estética, que é o que acontece, por exemplo, com Péricles Prade e sua ficção erótica. E isso, convenhamos, é muito mais saudável do que a triste emasculação, em nome da moral, dos bons costumes, das instituições religiosas e profanas, criadas para impor as forças da coesão sobre as ameaçadoras forças da dissolução.

[52] Camille Paglia, op. cit., p. 15.
[53] Ibid., p. 37.

# REFERÊNCIAS BIBLIOGRÁFICAS

ALEXANDRIAN. *História da literatura erótica*. Trad. A.M. Scherer e J.L. de Melo. Rio de Janeiro: Rocco, 1993.

BATAILLE, Georges. *Las lagrimas de Eros*. Barcelona: Tusquets Editores, 1981.

BENJAMIN, Walter. *Sociologia*. Tradução brasileira. Org. Flávio R. Kothe e Florestan Fernandes. São Paulo: Ática, 1985.

_____. *Passagens*. Trad. Irene Aron e Cleonice Mourão. Belo Horizonte: UFMG/Imesp, 2007.

CHEVALIER, Jean; GHEERBRANT, Alain. *Dictionnaire des symboles*, 4 v. Paris: Seghers, 1974.

CIRLOT, Juan-Eduardo. *A Dictionary of Symbols*. Nova York: Philosophical Library, 1983.

DARMON, Pierre. *Le Tribunal de l'impuissance: virilité et défaillances conjugales dans l'Ancienne France*. Paris: Seuil, 1979.

DUMOULIÉ, Camille. *O desejo*. Trad. Ephraim Ferreira Alves. Petrópolis: Vozes, 2005.

FRAZER, James George. *O ramo de ouro*. Trad. Waltensir Dutra. Rio de Janeiro: Zahar, 1982.

FREUD, Sigmund. *The Major Works of Sigmund Freud*, v. 54, *Encyclopaedia Britannica*. Chicago: University of Chicago, 1952.

_____. *Obras completas*. 3. ed., 3 v. Madri: Biblioteca Nueva, 1973.

HOUAISS, Antônio. *Dicionário Houaiss da língua portuguesa*. Rio de Janeiro: Objetiva, 2001.

HUIZINGA, Johan. *Homo ludens: o jogo como elemento da cultura*. Trad. João Paulo Monteiro. São Paulo: Perspectiva/Edusp, 1971.

HUNT, Lynn (org.). *A invenção da pornografia*. São Paulo: Hedra, 1999.

KNOLL, Ludwig; JAECKEL, Gerhard. *Léxico do erótico*. Lisboa: Bertrand, 1977.

MELO, Carlos Antônio Andrade. "Um olhar sobre o fetichismo". *Reverso*, Belo Horizonte, v. 29, n. 54 pp. 71-6, set. 2007.

MOISÉS, Massaud. *A literatura como denúncia*. Cotia: Íbis, 2002.

_____. *Dicionário de termos literários*. 12. ed. ampliada e revista. São Paulo: Cultrix, 2004.

PAES, José Paulo. "Erotismo e poesia". *Poesia erótica em tradução*. São Paulo: Companhia das Letras, 1990.

PAGLIA, Camille. *Personas sexuais*. Trad. Marcos Santarrita. São Paulo: Companhia das Letras, 1992.

PESSOA, Fernando. *Ficções do interlúdio: Fernando Pessoa, obra poética*. Rio de Janeiro: Aguilar, 1972.

ROSEN, Ismond. *Os desvios sexuais*. Lisboa: Meridiano, 1971.

ROSOLATO, Guy. "Le fétiche". *Le Désir et la perversion*. Paris: Seuil, 1967.

TODOROV, Tzvetan. *Introdução à literatura fantástica*. 3. ed. Trad. Maria Clara Correa Castello. São Paulo: Perspectiva, 2008.

VALAS, Patrick. *Freud e a perversão*. Trad. Dulce Duque Estrada. Rio de Janeiro: Zahar, 1994.

WAGNER, Peter. *Eros Revived: Erotica of the Enlightenment in England and America*. Londres: Secker Warburg, 1988.

# SOBRE O AUTOR

PÉRICLES LUIZ MEDEIROS PRADE, (Rio dos Cedros, SC, 1942). Escritor (poeta, contista, historiador, crítico literário e de artes plásticas), advogado e professor universitário. Escreveu mais de setenta obras nos campos da poesia, ficção, história, direito, filosofia e artes plásticas. Pertence a inúmeras entidades culturais estrangeiras, nacionais (presidiu a União Brasileira de Escritores/SP) e estaduais. Publicou vários livros de poesia. Quanto à ficção, publicou: *Os milagres do Cão Jerônimo* (1999, 5. ed.), *Alçapão para gigantes* (1999, 2. ed.), *Ao som do realejo* (2008), *Relatos de um corvo sedutor* (2008) e *Correspondências – narrativas mínimas* (2009). No campo da história: *O julgamento de Galileu Galilei* (1992, 2. ed.), *Paracelso & Giordano Bruno* (1994), *Vesalius, Pare & Harvey* (1994). Sua extensa fortuna crítica compreende, além de artigos, estudos e ensaios, livros a respeito de sua obra, de autoria dos melhores críticos do país (Álvaro Cardoso Gomes, Mirian de Carvalho, Luz e Silva, Jayro Schmidt e Maria Cristina Ferreira dos Santos), além de dois na Itália (os de Franzina Ancona e Maria Del Giudice). Tem vários livros publicados no exterior (italiano, francês e inglês). Como crítico literário publicou *Múltipla paisagem* (1973) e como crítico de artes plásticas os livros: *História das artes plásticas em Santa Catarina* (1973), *Espreita no Olimpo* (1973), *Espaço, natureza e corpo na arte da Renascença* (1986), *Corpo e paisagem: introdução à obra fotográfica de Lair Bernardoni* (1992), *Do que se chama Cabeça ou Cabeças e outras incursões* (2002), *O desenho de Valdir Rocha* (2004), *Bruxaria nos desenhos de Franklin Cascaes* (2009), *A pintura de Sílvio Pleticos* (2009). Quanto aos ensaios, nesta área, publicou textos a respeito de Bosch, Michelangelo, Dali e Dürer. Dentre inúmeros apontamentos críticos para catálogos, escreveu sobre boa parte dos mais significativos artistas brasileiros.

# OBRAS DO AUTOR (FICÇÃO)

1. *Os milagres do Cão Jerônimo*. Porto Alegre: Flama, 1970; 2. ed., idem, 1972; São Paulo: Editora do Escritor, 3. ed., 1976; São Paulo: Global, 4. ed., 1980; Florianópolis: Letras Contemporâneas, 5. ed., 1999.

2. *Alçapão para gigantes*. São Paulo: Alfa-Ômega, 1980; Florianópolis: Letras Contemporâneas, 2. ed., 1995.

3. *Ao som do realejo*. Blumenau: Nauemblu, 2008.

4. *Relatos de um corvo sedutor*. Florianópolis: Letras Contemporâneas, 2008.

5. *Correspondências — narrativas mínimas*. Porto Alegre: Movimento, 2009.

CADASTRO
**ILUMI/URAS**

Para receber informações
sobre nossos lançamentos e
promoções envie e-mail para:

cadastro@iluminuras.com.br

Este livro foi composto em Caslon pela *Iluminuras*
e terminou de ser impresso em Janeiro de 2015 nas
oficinas da *Orgrafic gráfica*, em São Paulo, SP, em
papel off-white, 90 gramas.